村上春樹の現在地

『街とその不確かな壁』まで

吉田春生【著】
Haruo Yoshida

彩流社

はじめに

この序文はやや異例の形になることを読者の皆さんにまずお断りしておきたい。

本書は筆者にとって三冊目の村上春樹論となる。前二著は『村上春樹、転換する』が一九九七年、『村上春樹とアメリカ　暴力性の由来』が二〇〇一年の刊行であり、実に二十二年ぶりの出版である。その後二〇〇二年に発表された村上の『海辺のカフカ』には違和感があり、それについて自分の考えをまとめてみたいという漠然とした願望はあったものの、筆者の仕事の関係上取り組むことはできなかった。

その後、時間的な余裕ができたので、論を少しずつ進めてきた。

『海辺のカフカ』を読んだ際の違和感の最大の理由は、『ねじまき鳥クロニクル』にもあった残虐な暴力性の場面が与える印象の違いだった。

『ねじまき鳥クロニクル』では暗闇の中で誰とも知れぬ人間をバットで殴り殺す、あるいは生きた兵士の生皮が剥がされるといった残虐な場面があったが、その由来については前二著において十分に解明できたと自分なりに感じていた。そうした場面に関して評価はしないものの、なぜ村上が書くことになったかという筋道は納得できた。

一方、『海辺のカフカ』については残忍な猫殺しをするジョニー・ウォーカー殺害の場面や、死んだナカタさんの口から得体の知れぬ白い生き物が這い出してくるといったアメリカのB級ホラー映画まがいのグロテスクな場面がなぜ出てくるのか、納得することはできなかった。そうしたすっきりしない気持ちの中で読んだ川本三郎の序章で触れる書評は筆者を勇気づけるものだった。『海辺のカフカ』が傑作だと称揚する書評が並ぶ中、同作に疑問を呈する川本の文章は筆者も同感するところが多かったからである。

村上に何が起こっているのかを確認するために、前二著で論じた作品を別な角度から捉え直してみた。それが「剽窃とスポンテニアス」という村上の方法をめぐる第一章であり、村上作品では当然視されている現実と非現実（夢や幻想世界）の混淆がどのように変化してきたかを検証した第二章である。その二つの章によって、村上の長編小説において謎めいた場面がなぜ放置されるのか、あるいは『海辺のカフカ』でのナカタさんが東京でジョニー・ウォーカーを大型ナイフで刺し殺した際の血が高松にいるカフカ少年の手やTシャツについているといった不可解な、非現実的な場面がなぜ生まれるのかを考えてみたいと思う。

第三章では、『海辺のカフカ』以降のインタビューなどで村上がしきりに繰り返す、自分にはモチーフもテーマもない、ただ面白い物語を作り出すのだ、との発言にもかかわらず、強い促しとしてのモチーフが明確な作品の系譜を明らかにする。一つは『ノルウェイの森』に関して村上が自ら発言しているカジュアリティーズ（欠損）の感覚であり、いま一つは自分が他人をひどく傷つけてしまうことがあるという怖れである。後者のモチーフは『ノルウェイの森』においても少し見られたが、何と言ってもそれが作品の通奏低音となっていた『国境の南、太陽に西』が重要であり、それは折に触れ、その後も村上作品に登場する。幾つかの短編小説や『色彩を持たない多崎つくると、彼の巡礼の年』でそのことを確認したい。

　ここで注釈しておきたいのは、筆者が終章まで書き上げた時点、二〇二三年四月に『街とその不確かな壁』が出版されたことである。第三章で触れていた『ノルウェイの森』の源流としての中編小説「街と、その不確かな壁」が新たな形で登場したのである。そうした経緯で本の構成が変則的になるが補論という形で章を設けることにした。

　その内容についての展開は、本書の構成とやや異質であるので、序文では論じないことにしていたが、「村上春樹の現在地」を知るには、本書の大きな柱になるという編集部の強い要望によって、その経過を読者のために明らかにしておきたいと思う。

　新作『街とその不確かな壁』は、第一部は『ノルウェイの森』に繋がるようなモチーフが中編小説と同じ強度で維持された作品であり、第二部、三部はむしろプロットに惹かれ、どのようにストーリー展開するかを重視した作品だということができる。面白い物語に傾倒していった『ねじまき鳥クロニクル』や『海辺のカフカ』と同じく怪異な設定が見られるものの、この第二部、三部では残虐な暴力性の見られないことに筆者は注目する。物語の面白さがソフトな仕上がりになっている。その印象は『１Ｑ８４』や『騎士団殺し』とも違っており、村上ワールドの変化が見られる。

　ここで元の記述に戻るが、第四章では文学というよりも、エンターテインメント、あるいはそこからさらに一歩進んでダークファンタジーと解する方が納得できるのではないかとの趣旨で論じる。そのためには『ねじまき鳥クロニクル』の読み直しが必要だった。その際、言及が少し長くなるが、筆者がダークファンタジーと考える中国映画『ゴッドスレイヤー　神殺しの剣』に触れ、その対比によって『ねじまき鳥クロニクル』の見直しをしてみる。

第五章では本書の本題ともいうべき、『海辺のカフカ』は村上にとってどのような意義を有する作品なのかを第四章までの考察をもとに考える。放置された謎は多く、恣意的と見えるストーリー展開も目立っているが、そのことはもはや村上作品の個性と言って良い。それでもそのような作風となる理由は明らかにしておきたい。

終章の「結局、村上春樹とはどのような作家なのか」では、川上未映子が四回にわたってインタビューした『みみずくは黄昏に飛びたつ』に触れ、第五章まで述べてきたことを確認する。また、村上の繰り出す幻想世界の意義を考える上で彼に作用を及ぼしている『源氏物語』について考えてみる。

以上のような考察を進めるにあたっての筆者の方法は、村上の作品や対談・インタビューで本人が書き、話すことに基づくというのが基本方針である。作品に書かれていないこと、本人が語っていないことにまで拡張しないというのが方針である。ただし、村上自身が『海辺のカフカ』をめぐるインタビュー（「文學界」二〇〇三年四月号）で明言している手法（＝判断の仕方）は取り入れている。すなわち、「個別的なメタファー」だけで、あるいは一つの作品だけで意味があるのではなく、そのような固定を排し、「ひとつの作品から別の作品に移行する連続性の中に」、あるいはメタファーとメタファーの「落差」の中に意味があるというものである。

雑誌「考える人」のロングインタビュー（二〇一〇年夏号）でもパラフレーズ（＝言い換え）を多用するのはそこに落差が生まれるからなのだという趣旨の発言をしている。落差とはズレである。そこでは対比が重要な手順となる。特に第一章で詳述するスポンテニアスを方法としている村上の場合は、その場面だけをいくら論じても的外れとなる。他の場面との対比が必要である。一つの作品だけで結論は出ない対比、もしくはズレによって村上の作品の特質を明らかにするためには他の作家の小説に言及することも有効な方法と考える。そのため終章では「文学は可能か」を設け、山田詠美のいう「内面のノンフィクション」に沿って又吉直樹や千葉雅也などの作品にも触れている。また小説におけるテーマの持続という観点から朝井リョウや辻村深月の作品、エンターテインメントという観点から吉田修一の作品とも対比している。

目次　村上春樹の現在地——『街とその不確かな壁』まで

序章　川本三郎の書評を読む

村上春樹のデビュー作以来、その都会的感性に共感した川本三郎は村上の良き理解者だった。だが、『海辺のカフカ』（二〇〇二年）の書評を最後に離れてしまう。それ以降、書評などで村上に言及することは無くなってしまう。もっとも筆者は川本の書評のすべてを見ているわけではないのでどこかで触れているかもしれない。だとしてもこれから述べる趣旨は変わるものではない。なぜなら『海辺のカフカ』に向けた村上評価は正鵠を得た内容を含んでいるからである。

まず二〇〇二年十月十八日号の「週刊朝日」に掲載された書評の内容を確認しておこう。

冒頭、川本はこの作品が「作者が若い世代に向けて書いたいわゆる『ヤング・アダルト』なのだろう」と捉え、五十代の人間にとっては読むのが辛かったと書いている。そう感じるのは、登場人物の多くが「自分が何か特別な人間だと思ってしまっている」からであり、彼らの行動が「なぜか」に終始するからである。

川本はまた、多くの読者も感じるであろう「個々の話は面白いのだが全体につながっていかない」点にも触れている。もちろん村上にしてみれば、後に本人の具体的な発言で見るように、自分の作品はメタファーにメアファーを重ね、パラフレーズを重層化することで成り立つところからの必然だと主張するだろうが。

おそらく川本三郎が村上作品に注文をつけるようになったのは『ねじまき鳥クロニクル　第1部・第2部』（一九九四年）の頃であり、疑問を持つようになったのは『アンダーグラウンド』（一九九七年）においてだった。

川本は村上には近景と遠景があって中景がないという表現をしている。スパゲッティやクリーニングといったごく身近な日常と、現実から離れた「遠い向こう側の世界」だけがあって、「普通の人間の普通の生活はまったく欠落してしまっている」と述べ、『ねじまき鳥クロニクル』における老人の語るノモンハンの体験も遠いおとぎ話のようであり、「切ればば血が出るような真剣さには欠ける。もう少しいえば、おとぎ話には歴史意識がない」とまで述べている（「週刊現代」一九九四年五月二十一日号）。歴史を作品に導入したと自ら語っている村上にとって、この書評は手厳しいものと映ったに違いない。

筆者はすでに先に挙げた二著において、『ねじまき鳥クロニクル』はティム・オブライエンの『本当の戦争の話をしよう』（一九九〇年）との対抗意識があって書かれているとの趣旨で論じた。オブライエンはベトナム戦争従軍という経験から、否応なしに歴史にコミットすることになってしまった。社会性も帯びるその行為において暴力性とも対面せざるを得なかった。したがって、そこにリアリティが常在するのは当然のことだった。それに比べれば、村上の場合はノモンハンを歴史として差し出そうとしても、川本が指摘するように「真剣さに欠ける」ということになる。川本の差し出した「歴史意識の欠如」については極めて公正な判断だったと言える。

井戸の底へ降りることで歴史とつながると河合隼雄などが了解する点についても、川本は先の書評を次のような冷静な文章で締めくくっている。


（……）私には、この井戸へのこだわりは、村上春樹がなんとか歴史意識という古層とつながりたいと悪戦苦闘している姿に思えてならなかった。だからいま、彼が、深い井戸の底で、近景と遠景をつなぐ新しい生を見つけてくれることを願ってやまない。（「週刊現代」一九九五年五月二十一日号）


この川本の願いも虚しく『海辺のカフカ』で村上はまったく逆の方向へ舵を切ってしまった。現実世界で新しい生を求めるというよりも——川本の言う中景を描くというよりも——、ひたすら幻想世界を次々に生み出し、遠い彼方へ行ってしまったのである。

『アンダーグラウンド』に関してはさらにはっきりした違和感が表明されている。同書が労作であることは誰もが認めるのだが、それが村上春樹の仕事としてはどうなのかとは多くの人が感じたはずである。川本もほぼ同じ感慨を抱く。

川本はなぜ村上が突然、「社会派」になったのか訝しむ思いを隠そうとしない。地下鉄サリン事件の被害者となった「普通の人々の堅実な生活」に関心を持った動機には理解を示しながら、なおも川本は次のように書かざるを得ない。

それでもなお根本がよくわからない。

これまで小さな言葉を大事にしてきた村上さんが、どうして急に「サリン」「オウム」という大事件に関心を持ったのか。村上さんをこの仕事に駆り立てた切迫した思いはなんだったのか。「あとがき」に当たる「目じるしのない悪夢」という文章のなかで、村上さんは長く外国で暮らした後、日本のことを知りたくなったとモチーフを書いている。そう説明されてもなおそれがどうして「サリン事件」になるのかがわからない。大きな事件や大仰な言葉で世界を語ることを何よりも避けようとしてきたのが村上さんではなかったか。

（「毎日新聞」一九九七年五月十四日付け夕刊）


この川本の感じた違和感については別な角度から、すなわち第一章で取り上げる剽窃という観点から、より根本的な発想としてどこから生まれてきたかに関して村上自身の発言をもとに明らかにしたい。

いずれにしろ川本の『海辺のカフカ』の書評では、『ねじまき鳥クロニクル』と『アンダーグラウンド』における違和感や疑問とは異なる、村上から離れる理由が最後に書かれている。


「海辺のカフカ」というタイトルは、フィリップ・グラスの『海辺のアインシュタイン』を思い出させる。「未知との遭遇」ふうのエピソードもあるし、空から魚が降ってくるのは完全にアメリカ映画「マグノリア」。「僕」が図書館で暮らす設定は、ブローティガンの『愛のゆくえ』に似ている。ナカタさんの丁寧な喋り方は、大江健三郎のイーヨーにそっくり。そんなところも気になった。

（「週刊朝日」二〇〇二年十月十八日号）

最後の「そんなところも気になった」というのがどの程度の疑問として表明されているのかは分からない。単純に、第一章で筆者の挙げる剽窃の類と同じこととして言及しているのではないだろう。川本の思いはもっと複雑なのではないかと斟酌される。

例えば、村上の『風の歌を聴け』（一九七九年）を評価していた際には、そうした剽窃と思われるものについても川本は好意的だった。それは同じカート・ヴォネガットのファンだったからである。そのデビュー作にあった架空の作家の設定はヴォネガットの『ローズウォーターさん、貴方に神のお恵みを』にあった架空のSF作家キルゴア・トラウトを思い出させるし、「そういうことだ」「それだけだ」といった表現・言い回しは『スローターハウス5』の「そういうわけだ（So it goes）」から来ていると思われたからだった。また、細かな数字へのこだわりもヴォネガットの小説によく使われるものだと指摘していた。（「二つの「青春小説」」『同時代の文学』所収　一九七九年）

『海辺のカフカ』で特徴的だったのは、はっきり引用し、参照した文献の多くが明示されていることだった。作品の大枠というべき『オイディプス王神話』や夏目漱石の『坑夫』、フランツ・カフカの『流刑地にて』などである。これらは通常のルールに照らしても何ら問題のないところだろう。

一方、参照していることを示さない、剽窃と呼ぶべきものも川本が列記したように相変わらず多い。それらの剽窃は川本に何を感じさせたのだろうか。筆者にその真意は分からない。ただここで、筆者が映画『マグノリア』からの剽窃に関して感じたことは明らかにしておきたい。川本が同じことを感じたとまでは言わないけれど、少なくとも、その映画を評価する人間からすれば大きな落差を感じずにはいられないと思われるからだ。

一九九九年に公開された映画『マグノリア』は、製作・監督のポール・トーマス・アンダーソンが自身で脚本も単独で担当した三時間に及ぶ大作である。映画の終盤近く、カエルが大量に空から降ってくるシーンはあまりに有名となっており、ネタバレにはならないだろう。ネタバレになるのはそこではなく、主要な七、八人が関わるエピソードがカエルの大量落下によってどう変転するのかというところにあるだろう。

各エピソードは複雑に絡んで進行していく。それに関わる登場人物は次のとおりである。整理しやすいように番号をふっておく。

①子どもと大人がそれぞれ三人でチームを組んで対抗するクイズ番組の中心となる天才クイズ少年。
②疎遠となった息子を篤実な看護人に探すよう依頼する死の間近い大富豪。
③自分を嫌悪し、離れて暮らす娘を訪ねるクイズ番組の人気司会者である父親（彼は骨ガンに侵されている）。
④男性にモテ術を教えるカリスマ講師のトム・クルーズ（②の大富豪の息子であることが明らかにされるが、そこに至る看護人の誠実な任務遂行ぶり）。
⑤住民からの苦情をもとに騒音を出している住まいを訪ねる警官。
⑥かつて天才クイズ少年だったが、今はうだつの上がらない電化製品店の店員。

⑦大富豪の後妻で弁護士や薬剤師のもとを訪ねる女性。

さらには①の天才クイズ少年の父親で奔走する男や、⑥の男が思いを寄せるバーテンダー、トム・クルーズを取材する女性記者、クイズ番組に関わるスタッフ等々、様々な人物が登場する。また、⑤の警官は最初の通報を受けた住まいではクローゼットにあった死体を発見するが、次に訪問したのが③の娘だったというように幾つかのエピソード絡み合っていく。そこがこの映画の面白さである。

大声で怒鳴る人物もいれば、思いが激しく崩れていく人間もいる。後悔に捉われ苦悩する人間もいれば憎悪に身を震わせるに人間もいる。それぞれがどのような過去に由来するかも丁寧に描かれる。

これだけの登場人物とエピソードの交錯ながら場面の転換はスムーズである。一つには、場面を越えて流れる音楽の効果ということがある。音楽が流れないケースでも、その静けさの中で転換される場面の緊迫感――過去に遡って人間関係が明らかになっていくというような――が煩わしさを感じさせない。映画はどうなっていくのかという緊張感を孕みながら進む。

そして、すべての場面にカエルが大量に落下してくる。

パトロール中の警官が運転する車にドスン！という激しい音を立ててカエルが落下してくる。薬物に依存する、クイズ番組司会者の娘の部屋の外にもカエルは落下する。大富豪の館にも、なぜ娘が父親を嫌うのかが知らされた母親が運転する車の上にも、すべての場面にカエルは大量に落下してくる。カエルを踏みつぶしてスリップする車も描かれる。

映画では冒頭、過去にあった偶然が重なるケースが三つ紹介されており、この映画がどのような結末を迎えることになるか暗示される。そして映画は多くのエピソードが、現在と過去が交錯することでそれぞれの結末を迎える。映画では最後に、「過去は捨てたと思っていても過去は追ってくる」とのふさわしい文言が出る。

カエルの落下については、監督のアンダーソンもある本からヒントを得ているとのことだが、映画全体に果たす役割、効果という点では彼のオリジナルであろう。日本でも江戸時代には魚が降ってくるということは起こっていたと何かで読んだ記憶がある。鳥がくわえていたものを落としたケースや、竜巻で海水などが巻き上げられ、大量に魚が落下するケースである。

では『海辺のカフカ』においてはどうだろう。

イワシなどの二度の落下がある。それは『マグノリア』における最後に全体の流れを大きく変えるものでなく、小さなエピソードの小さな手段として生かされていない。二度目のヒルの落下では、ご丁寧にも映画にあった車のスリップまで剽窃されているが、あまりに軽い仕様であろう。

映画ではよく参考にしている場合には、inspired by……と表示されることがある。着想をどこに得ているかは明示されるべきであろう。村上春樹の場合には第一章で紹介するようにあまりにヒントとなったものが多く、またそれが作品の評価を決定するような使い方をされていることは少ないため許されているのかもしれない。しかし、『海辺のカフカ』の場合はどうだろうか。映画『マグノリア』で作品の質を決定するような扱いをされていたカエルの落下が、村上の小説であまりに軽い扱いであることに首を捻る人は多いのではないだろうか。

ここに書いた筆者の思いが川本三郎と同じだと断言することはできないものの、書評の最後に剽窃の事例を五つほど挙げざるを得ない川本の思いに筆者は納得するのである。

第一部　文学としての村上春樹

第一章　剽窃とスポンテニアス——村上春樹の方法

多くの読者が村上春樹の長編小説を読んでいると既視感を抱くのではないだろうか。以前、村上の短編で読んだことがあるとか、アメリカ映画で見たかなとの感触である。もちろん、映画だけでなく小説や実在した人物・事件などがヒントになっていると思われる事例も多い。近年の『１Ｑ８４』でいえば農業共同体の「さきがけ」はヤマギシ会を思わせるし、そこから変異した宗教団体はオウム真理教を思わせる。

文学に限らず、さまざまな分野で先行する研究や表現作品、事象が参考とされることは珍しくはない。「引用の織物」という言葉もあるように文化の継続・発展にそれは不可欠なことであろう。村上春樹は自身の膨大な読書遍歴や映画鑑賞歴から多くのものを引き出している典型的な作家だということができる。

ヒントと剽窃

最初に本書で用いる剽窃という言葉について説明をしておきたい。国語辞典などでは剽窃を盗用・盗作と同義としているが、本書では『ブリタニカ国際大百科事典』の次のような剽窃に関する説明に準ずるものとしたい。

他人の著作から、部分的に文章、語句、筋、思想などを盗み、自作の中に自分のものとして用いること。他人の作品をそっくりそのまま自分のものと偽る盗用とは異なる。

つまり他人の著作をそのまま自分の名前で発表する盗用・盗作とは異なり、他人の著作から一部を使うのが剽窃だと筆者は考えたいのである。前者の盗用・盗作は俳句や短歌など短詩型の文学ではありえても、小説ではそのままということはまずないであろう。だからと言って、一部分を使うのだからすべて許されるというのも違う。ある著作にとって、そのアイデアがなくては作品そのものが意味をなさなくなるというようなケースもあるからだ。

例えば、他人が使用することが許されないような、アガサ・クリスティが『アクロイド殺し』で使ったアイデアのようなケースである。あるいはまた、筒井康隆が『ロートレック荘事件』で使った、小説だからこそ可能となったトリックのケースである。この二例においては一部ではあってもそのアイデアこそが作品の要であり、他人が使用することが許されるものではないだろう。

部分的に使用する剽窃の場合であっても、その使用のあり方が問題とされるケースもある。すでに序章で触れたが、アメリカ映画『マグノリア』で使用されたアイデア（場面）の重要性と比べ、あまりに軽くストーリーを進める上での手段として使ってしまった『海辺のカフカ』のようなケースである。

ただ、先に断っておくが、筆者は村上春樹の作品に頻出する剽窃そのものを批判することを目的とはしていない。先の「引用の織物」に関して述べたように、剽窃によって村上の小説が新たな豊かさを獲得していることも確かだからである。どのような剽窃が作品中に潜んでいるかよりも、そのことによってその作品の質がどれほど維持されているか、あるいは損なわれているかの方が関心ごとである。

次に剽窃とまでは言えない、ヒントとなっているケースについて触れておきたい。材料は『村上ソングズ』（二〇〇七年）という村上が翻訳をしている歌詞の紹介本である。

例えばここに、掲載順で「中国行きのスロウ・ボート」「この家は空っぽだ」「自殺をすれば痛みは消える」「孤独は井戸」「羊くん（ミスター・シープ）」といった曲名がある。ここから村上作品の愛読者ならばすぐさま連想が働くはずである。

羊に例えられた都会の通りを歩くサラリーマンを揶揄した「羊くん（ミスター・シープ）」には「踊るんだ」という文句も入っている。羊、羊男、『ダンス・ダンス・ダンス』と容易く連想される。

もちろん以前から村上自身興味があったとしているものもある。自ら無類の「井戸好き」という村上にとって、不幸せが住み着く深くて暗い井戸と歌う「孤独は井戸」は、そのまま井戸の底に降りることでストーリーが展開する『ねじまき鳥クロニクル』の大きなヒントになっていたはずである。もちろん、井戸好きを任じる村上であってみれば、たまたま深い井戸の底に関心が共通していたということもあり得る。

そして、「この家は空っぽだ」と「自殺をすれば痛みは消える」も『ねじまき鳥クロニクル』のある場面のヒントになっている。特に後者に関しては、ストーリー展開の上で重要な役割を与えられていた。

前者については第2部11章に出てくる。井戸の底に降りた主人公が笠原メイに縄梯子を上げられ、そこから出られなくなってしまう。丸二日ほど井戸の底に閉じ込められた主人公は、加納クレタに縄梯子を下ろしてもらって一人、自分の家に帰る。そこで「この家は空っぽだ」とのヒントが生かされる。

自分の家の塀をなんとか乗り越え、庭に降りた。庭から見る家は真っ暗で、息をひそめたようにしんとしていた。そこにはどのような暖かみも、どのような親密さも残っていなかった。僕が毎日の生活を送っていた家のはずなのに、今ではそれは人けのないただの空っぽの建物だった。でも僕が帰るべき場所は、その家の他にはなかった。

（『ねじまき鳥クロニクル』第2部11）

「この家は空っぽだ」というヒントからこれだけきちんとした状況説明の文章が生み出されてくる。ヒントであれ剽窃であれ、ただ他から持ってきたという行為が問題とされるわけではない。

「自殺をすれば痛みは消える」に至ってはこの小説の主要な登場人物である加納クレタのエピソードの中心をなすほどの重要性を帯びている。それは「加納クレタの長い話、苦痛についての考察」と題する第1部8章で生かされる。その前の章で、彼女は特殊な能力のある姉の加納マルタの代理で主人公の家の水を採取に来ていた。彼女は促されて自身の数奇な運命を語り始める。彼女は肉体的なあらゆる痛みを他人よりはるかに頻繁に体験し続ける特異体質の持ち主だった。そこで彼女は曲名となっている行為を実践する。痛みを消すために自分が運転する自動車をマンションの外壁に衝突させ、自殺を図るのである。

村上は加納クレタを簡単に死なせたりはしない。自殺には失敗するものの、彼女から痛みは消え去ってしまう。むしろここからストーリーテラーとしての村上の本領が発揮される。兄から借りた車を破損させ、追突したマンションの外壁の修理費が必要となった加納クレタは路上で客を引く娼婦となり、借金を返そうとする。それでも話は終わらない。拉致されてヤクザの組織に組み込まれた挙句、主人公の敵である綿谷ノボルに買われることで彼女の運命は激変する。

曲名をヒントにどれほど村上がストーリーを発展させる能力に恵まれているかが知れる好例であろう。ヒントや剽窃がどこにあるかよりは、それがどのように発展させられているかの方がはるかに私たちにとっては興味深いのではないだろうか。こうした観点から少し「中国行きのスロウ・ボート」を検討してみたい。

まずこの曲名があったからこそ同名の短編小説は生まれた。歌詞よりもソニー・ロリンズの見事な演奏によって村上は知ったのだという。「とりあえず題さえできてしまえば、中身の方もそれにあわせてまあなんとかなるだろう」（『村上ソングズ』）。題材やテーマといった内容は決めないでどんどん書いていくという村上流の仕事ぶりに注目すべきである。

こうした成立過程を知るならば、「中国行きのスロウ・ボート」に過重な中国への思いがあったと考えるのは適切ではないだろう。『ねじまき鳥クロニクル』でノモンハンや新京の動物園が登場したことから遡り、中国への関心がこの短編小説からすでに始まっているというのは錯誤に過ぎない。ただし、村上自身が「今の時点から過去の自分自身に手を貸す」（『村上春樹全作品 1979 ―1989 ③』「自作を語る」一九九〇年）、すなわち改訂することでそれを招いている。

この作品が執筆時、どのような性格の作品であったかは終わり近く、後に改訂されることになる次のような文章が示している。（正確には一九八〇年の雑誌掲載時から文庫化する際にも少しの改訂がなされている。）

中国。

僕は数多くの中国に関する本を読んだ。「史記」から「中国の赤い星」まで。それでも僕の中国は僕の中国でしかない。あるいは僕自身である。それはまた僕自身のニューヨークであり、僕自身のペテルスブルグであり、僕自身の地球であり、僕自身の宇宙である。

地球儀の上の黄色い中国。これから先、僕がその場所を訪れることはまずないだろう。それは僕のための中国ではない。ニューヨークにもレニングラードにも僕は行くまい。それは僕のための場所ではない。僕の放浪は地下鉄の車内やタクシーの後部座席で行われる。僕の冒険は歯科医の待合室や銀行の窓口で行われる。僕たちは何処にも行けるし、何処にも行けない。

（『中国行きのスロウ・ボート』中公文庫版）


ここでは中国が強調されているというよりは、むしろ一般化が図られている。他の地名でも小説は可能なのだと暗示されている。

たまたま小説は三人の中国人との出会いが書かれている。小学生時代の模擬テストの会場に当てられた中国人小学校の教師、大学時代のアルバイト先で知り合った中国人女子大生、二十八歳の時に出会った高校時代の同級生で百科事典のセールスをする中国人男性。後二者は特に中国人と限定しなくとも書けるエピソードである。

よく言及されるのは不注意で誤った電車を教え、もらった電話番号のメモを不注意で捨ててしまった中国人女子学生のエピソードである。ただこれは不注意から女性を傷つけてしまうという村上作品では馴染みのエピソードである。また、彼女が口にする「ここは私の居るべき場所じゃないのよ」という科白は村上作品の主人公がしばしば呟くものでもあった。

つまり、先の引用文が示すのは中国人でなくとも、アメリカ人でもロシア人でも小説は可能であり、その舞台が日本であることに収斂するように書かれている。

一方、改訂された『村上春樹全作品 1979 ―1989 ③』では他の地名は消され中国がより強調されている。そして、「僕は中国についてもっと多くのことを知りたかったのだ」「それは僕にしか読み取れない中国である。僕にしかメッセージを送らない中国である」「それは一つの仮説であり、一つの暫定である。ある意味ではそれは中国という言葉によって切り取られた僕自身である。僕は中国を放浪する」といった中国にひたすらこだわるような文章が追加されている。

なぜこのような改訂がなされねばならなかったのか。これはおそらく一九九一年から執筆が開始される『ねじまき鳥クロニクル』でノモンハンが大きな役割を担って書かれたことと関係している。中国大陸に関心を持ち続けている姿勢が必要だったのである。

スポンテニアスと自発的

村上は自身の創作手法に関して次のように発言している。『羊をめぐる冒険』でストーリーテリングを強く意識するようになった際の心構えである。

もうひとつは、それは非常にスポンティニアスな物語でなくてはいけない。これがこうなって、こうなって、と計画的につくるというのは、ぼくにとってなんの意味もない。だからスポンティニアスに次なにがくる、次なにがくる、とつくっていって、最後に結末がくる。

（「村上春樹、河合隼雄に会いにいく　第1回」「世界」一九九六年四月号）

さらに別の場所では、短編集『神の子どもたちはみな踊る』（二〇〇〇年）の中でも異色の作品「かえるくん、東京を救う」の「マンガ的な設定」に関して柴田元幸の質問に答えている。東京の信用金庫に勤務する平凡な人物が家に帰ってくるとかえるが待ち受けており、「東京を救うために僕がみみずくんと戦うのを手伝ってください」と頼み込まれる発端を、物語の更新（＝バージョンアップ）として必要だったからかと問う柴田への返答である。

そのへんは、特に何も考えてないんですよね。書いていると、そういう設定が自然に出てくるだけで。たとえば男がうちに帰ってきたら、なんか変なものがいる、と。変なものなあ、何だろう？……そうだ、かえるくんにしよう、みたいな感じでどんどん話が進んでいくんですよね。（……）そういう面では僕は非常にスポンテイニアスというか、場当たり、場当たりでって物語を作っていくタイプだし……これはすごく楽ですね。考えなくていいから。

（柴田元幸『ナイン・インタビューズ　柴田元幸と9人の作家たち』二〇〇四年）

この種の発言が見られる最も早い時期のものとしては、一九八五年に行われた中上健次との対談が挙げられる。一九八二年の『羊をめぐる冒険』でストーリーテリングについて自信を得、次の長編小説となる『世界の終りとハードボイルド・ワンダーランド』執筆の最中という時期である。

対談では「小説としての根源的な力を身につけていきたい」と述べているが、それはこの時期、村上春樹が村上龍の『コインロッカー・ベイビーズ』と中上の『枯木灘』に刺激を受けていたからだった。したがって、中上は話の聞き出し役としては極めて適切な人物だった。

ここでも『羊をめぐる冒険』を書くにあたっての方針が語られている。小説を解体する方に向かうか、再構築する方に向かうかの迷いがあったと発言した後である。

（……）しかしどちらかというとやはり僕は、もう一度小説をつくり上げるというか、そのほうが自分にとっては面白いような気がしたんですよね。だから初めからつくり上げるのじゃなくて、スポンテニアスなストーリーが出てくるような……。

（中上健次・村上春樹対談「仕事の現場から」「國文学」一九八五年三月号）

これら三つの引用文から窺われるのは執筆当初から全体を計画的に練るのではなく、その場その場で浮かんだことを書いていくとの姿勢である。

spontaneous は行為について「自然に起こる」、あるいは「無意識的な」という意味合いと、現象が「自然発生的な」という意味合いの両方で用いられる。実は村上はスポンテニアス（以下、本書ではこの表記とする）と同じ意味合いで「自発的な」という言葉も多用している。

例えば、同じ中上健次との対談で『風の歌を聴け』当時のことを振り返って次のように発言している。

最初に書いた時は、アメリカの小説みたいなものが持っている方法論というほどのものじゃないけど、スタイルとか雰囲気みたいなものを日本語になんとか移しかえられないかというのはあったんですね。ただそういうのは書くにつれて稀薄になってきますよね。書いてても自発的なものがなかったら面白くないし、だから最初のものはいま読むとちょっと気恥ずかしいですね。（同前）

ここで村上が自発的というのはスポンテニアスと全く同義の言葉として扱われている。近年ではスポンテニアスと言うよりも自発的と発言することの方が多くなっているようなので、その意味合いをはっきりさせておきたい。

今日、様々な場面で「自発的」という日本語はほとんどの場合、自らの意思で参加・実践するvoluntaryの意味合いで使われるのが普通である。村上が使うスポンテニアスというのとは明らかにニュアンスが異なっている。村上の場合、自らの意思でというニュアンスよりも、自然に出てくるのだという趣旨だと思われるからである。近年の村上の発言で「自発的」という言葉が出てくる場合にはこの点をはき違えると逆の意味になってしまうので注意すべきである。

なお、村上は「自然発生的」という表現を使って説明もしているので、以下に引用しておきたい。誤解を招きやすい「自発的」よりもスポンテニアスに近いニュアンスである。

（……）小説の中では、多くのものごとは自然発生的に起こっていかなくてはならない。ここではこういうエピソードを使っておこう、みたいなことをやっていると、話はもちろんパターン化していきます。ぱっと出てくるものを相手に素速く動いていかないと、物語の生命が失われてしまいます。

（村上春樹・川上未映子『みみずくは黄昏に飛びたつ』二〇一七年）

抽斗の中

村上春樹がスポンテニアスで説明しようとしたのは、天然温泉のケースでいえばどのような湧出形態が該当するだろうか。

①自然湧出……地形や火山活動などによって湯道が自然に開いて出てくる。
②掘削による自噴……人工的に湯道を開いたことによる自噴。
③掘削・動力揚湯……掘削技術によって湯道を開き、ポンプで吸い上げる。

どうだろうか。無理やり感の強い③はスポンテニアスには該当しないであろう。①もまた人間の手がまったく加わっていない点では人間の行為を考える上では不適切であろう。湯道を開くという点で人間の手を借りてはいるものの、温泉自体は自然に湧出するところから村上のいうスポンテニアスとは②のイメージが強い。地中における水の供給、熱源の存在、地殻成分の溶解といったまさに自然現象だけに頼るのではなく、そこに湯道を技術によって開くという明らかな人間の手が加わっている点で②に該当すると考えるのが適切だろう。

村上にとってスポンテニアスが可能となるのはなぜだろうか。次々に場面や人物像、景観が生み出されるのはどのような原理なのだろうか。これについても村上はしばしば創作の秘密のような形で発言している。例えば、『アフターダーク』（二〇〇四年）が書き上げられていく発端は次のように説明されている。

一ページか二ページの出だしのスケッチをまず書いたんです。深夜のファミレスで女の子が一人で本を読んでいる。そこに男の子が入ってきて、彼女に目を止めて、「ねえ、誰々じゃない？」と言う。女の子は目を上げる。そういう短いシーンを何ということもなく思いついてプリントアウトして一年ぐらい机の抽斗の中に入れていた。ときどきそういうことってあるんです。シーンみたいなものがひとつ頭に浮かんで、それを簡単なスケッチにしてメモしておきます。

（「恐怖をくぐり抜けなければ本当の成長はありません」『アフターダーク』をめぐって」「文學界」二〇〇五年四月号）

自分で気になる場面が浮かんだ際にはそれがメモとして残され、抽斗の中に保管される。『スプートニクの恋人』については次のような事情が明かされている。（『村上春樹全作品 1990 ―2000 ②』「解題」）「22歳の春にすみれは生まれて初めて恋に落ちた。広大な平原をまっすぐ突き進む竜巻のような激しい恋だった」という文章から始まる『スプートニクの恋人』（一九九九年）の冒頭部分は、先の例と同じく、ある時ふと頭に浮かんだイメージを書き留めた原稿用紙にして一枚ほどのスケッチが元である。そのスケッチはやはり抽斗の中に放り込まれていた。その短いイメージからどのように物語が展開していくのかは、書き始めた時点では村上にも予想がつかなかったのだが、思いつくままに、スポンテニアスに物語は進展していったのだという。

記憶の抽斗にあるストックは書き出しの場面に限られるわけではない。より重要な主人公の設定に関しても、そのようなストックから引き出されている例を村上は公表している。例えば、『騎士団長殺し』（二〇一七年）における主人公の肖像画家という職業である。

川上未映子との対談（正確には川上によるインタビュー）では、知り合いのアメリカ人女性の夫が現役の肖像画家であり、本人といろんな話をして、「肖像画家ってなかなか興味深い職業だな、というのが頭の中にぼんやり残っていた」と語っている。

もちろん、物語が進展していくにあたっては多くのイメージなり人物、場面が必要となってくる。そこで多用されているのが映画などでこちらは記憶の抽斗とでもいう場所に保管された様々なシーンである。私たちは膨大な読書量と映画鑑賞歴によって、その時点で印象深かったものを記憶に刻む能力に極めて卓越した村上春樹という作家の特性についてよく理解すべきである。

こうした作家だからこそ、小説の制作過程は次のように説明される。

> そういうろんな思考の断片やら記憶やらを、穴に投げ込むみたいに片端から投げ入れていく。すると自然に、自発的に話が動いていきます。この段階では自発的にというのが大事なんです。
>
> （「村上春樹ロングインタビュー」「考える人」二〇一〇年夏号）

先に触れたようにここで「自発的に」というのは、自らの意思でというよりも、自然発生的に、スポンテニアスに出てくるという意味である。ただし、物語が自然に動いていくように見えても、その前段階では村上の意思によって選別された大量の材料が記憶の抽斗に保存されている。

この前段階、すなわち材料の仕込みがあってこそ村上の長編小説における次のような技法も可能となる。

地の文では説明のかわりになるべくメタファーを用いて、パラフレーズを構造的に積み重ね、描写すべきものごとの多くを別の何かに預けてしまうというのが、僕の小説文体の特徴のひとつかもしれません。（同前）

この技法は『ねじまき鳥クロニクル』以降、村上の長編小説に謎が多くなっていることの理由ともなっている。

謎の多さは村上が自分はテーマがあって長編小説を書くのではない、「これという解答を持って小説を書いているわけでは」ない（同前）という主義とも関係する。記憶の抽斗から次々にメタファーとなる人物や場面を引き出し、パラフレーズを重ねていくというのだから、もともと何が書かれようとしていたのかが不分明となるのはむしろ当然だとも言える。それでも小説として面白ければ良いというのが目下の村上の考えである。

剽窃の事例1　計算士から『1Q84』BOOK3ラストまで

先に見た『村上ソングズ』で紹介される歌の題名という言葉によるヒントから、さらに進んで映画や小説の設定が剽窃されるケースも多い。例えば、『色彩を持たない多崎つくると、彼の巡礼の年』（二〇一三年）における主人公の高校時代の四人の友人の名前は、赤松、青海、白根、黒埜と全て色がつく名前だった。この設定はポール・オースターの代表作『幽霊たち』（一九八六年）から剽窃されていることは明らかである。私立探偵である主人公はブルー、そのかつてのボスはブラウン、依頼人はホワイト、監視対象となるのはブラックといった主要人物たちだけではない。小さなエピソードとして語られるかつての事件でも徹底している。一年以上行方不明となっている捜査対象のグレーは記憶喪失症となり、妻の暮らす家から二ブロックしか離れていない酒場で今はグリーンと名乗ってバーテンとして働いていた。ブルーの読む雑誌「実話探偵」に登場する検視官はゴールドだった。この魅惑的な小説の登場人物が色で表されるアイデアは村上の記憶の抽斗になかったはずはないだろう。

一九八四年にアメリカで刊行されたウィリアム・ギブスンの『ニューロマンサー』は凄まじい反響を呼び起こし、翌年のネビュラ賞、ヒューゴー賞など五冠を獲得した。しかし、ギブスンの名は「オムニ」誌一九八二年七月号掲載の「クローム襲撃」でSF界に轟いており、その前年五月号の同誌にも「記憶屋ジョニイ」を発表していた。この「記憶屋」という職業こそ『世界の終りとハードボイルド・ワンダーランド』（一九八五年）の「ハードボイルド・ワンダーランド」部分における計算士の仕事そのものである。

記憶屋は頭に何百メガバイトかのデータを入れている。本人にはその情報を引き出すことはできず、依頼者だけがパスワードで引き出せる。当時、SF小説でも斬新だったこのアイデアは村上にとって大きなヒントになった。「記憶屋ジョニイ」が日本の「ＳＦマガジン」に翻訳掲載されたのは一九八六年十一月号だが、もちろん村上は「クローム襲撃」で話題となっていたギブスンの名は知っていただろうし、一九八一年に発表された「記憶屋ジョニイ」も原文で読んでいた可能性が高いだろう。

アメリカ映画からの剽窃はほんの一場面であるところから見逃されがちだが数は非常に多い。それをすべて列挙することにさほど意味はないが、村上が小説を書く上での豊かさがどこから来ているかを判断する上では無視もできない。

小説中で村上が自ら言及しているものの、実はどうなのかというケースもある。『色彩を持たない多崎つくると、彼の巡礼の年』に出てくる六本指についてである。

なぜか駅長が語るのだが、過去に有名なピアニストや作家、画家、野球選手もいたし、フィクションでは映画『羊たちの沈黙』のレクター博士も六本指だった。小説では演奏に際してピアノの上に布袋を置くジャズ・ピアニストがその布袋の中に六本目の左右の指を入れていたのではないかと想像する暗示的な場面がある。また終わり近く、なぜか夢の中でピアノを弾くつくるの傍で楽譜をめくる黒衣の女性の指が六本指だったと書かれる。

メタファーがメタファーを呼び、際限なくメタファーが繰り返される村上作品だが、駅の遺失物にホルマリン漬けの六本目の指二本があったという話から、連想が広がっていく。その元々のヒントはどこにあったのかということなのだ。村上が書くように『羊たちの沈黙』よりもふさわしいのは、一九九七年のアメリカ映画『ガタカ』の方ではないかと筆者は推測する。

その映画ではピアニストがホールでの演奏終了後、白い手袋を聴衆に向けて放り投げるという場面がある。最初、その意味が分からない。それが極めて印象深い場面なのだということが分かるのは、その後、演奏会のポスターが映し出され、画面に大きく六本指の白い手袋があったからである。こうした強く記憶に刻印されるシーンが村上の多彩な場面設定を助けていることは確実なのだ。

映画のラストシーンは印象深いものが多いが、筆者にとってそうした映画の一つに二〇〇八年のアメリカ映画『ミラーズ』がある。

この映画では鏡に映る自らの像が現実世界の自分を支配し、殺しさえする。鏡の中に閉じ込められた怨霊の正体は何なのかというのが映画のストーリー展開の要である。映画のラスト、鏡のある世界から無事現実世界に戻ったはずの主人公だったが、映画はパトカーなどに書かれている文字が逆向きになっている画面を映し出す。

つまり、そこはまた別な世界だと暗示されることで映画『ミラーズ』は終わる。こうした結末のつけ方はホラー映画などで珍しいものではない。凶悪な殺人鬼が死体となっても、最後に指がピクリと動くところで映画が終わるというのは常套手段である。『ミラーズ』もその手法を取っているに過ぎない。『1Q84』BOOK3（二〇一〇年）の最後で村上が提示する場面はまさにこの『ミラーズ』の剽窃であると言ってよい。

主人公の二人、青豆と天吾は非常階段を登り、首都高速道路三号線に出る。そこは1Q84の世界への入り口であり、出口だった。目印は対向車線を隔てたビルの屋上にある大きなエッソ石油の広告看板――虎が給油ポンプを片手に持ち、笑みを浮かべている看板だった。二人は1Q84の世界から元の現実世界へ戻ったはずだった。

しかし、最終章では次のように書かれる。

そこで青豆ははっと気づく。何かが前と違っていることに。何がどう違っているのか、しばらくわからない。彼女は目を細め、意識をひとつに集中する。それから思い当たる。看板の虎は左側の顔をこちらに向けている。しかし彼女が記憶している虎は、たしか右側の横顔を世界に向けていた。

（『1Q84』BOOK3　31章）

ここでは『ミラーズ』のように文字が逆向きなのでなく、「虎の姿が反転している」。この場面は突然、極めて不自然にBOOK1、2との関連なく生み出された。なぜなら、BOOK1の発端で非常階段を降りる際も、2でそこまで来て1Q84の世界を脱出しようとして失敗する時も、二度とも虎が右側を向いていたか、左側を向いていたかは書かれていないからである。

最初の二冊が刊行されたのは二〇〇九年五月だった。映画公開の二〇〇八年はおそらくその執筆か校正の最中だったと思われる。『ミラーズ』の印象的な場面は二〇一〇年四月に刊行されたBOOK3になってアイデアとして取り入れられたのである。そこに何か深い意味があるわけではない。ホラー映画で常套手段となっている終わり方の、『ミラーズ』が提示した少し印象的なシーンが再現されただけなのである。

以上の推測は本章でテーマとしている、剽窃とスポンテニアスという村上春樹の方法がもたらす必然と筆者は考えている。例えば、加藤典洋が『村上春樹は、むずかしい』で推測するように、青豆たちが戻ったのが元の一九八四年でなく、「1X84」である以上、BOOK4が書かれなければならないとはとても思えないのだ。実際に書かれるかどうかでなく、記憶に残る映画シーンをスポンテニアスに最後に置いたという村上春樹の作風と考えたいのである。

剽窃の事例2『アンダーグラウンド』はなぜ書かれたのか？

村上春樹が一九九五年三月の地下鉄サリン事件の被害者たちにインタビューしたノンフィクション『アンダーグラウンド』は多くの人を驚かせた。村上の小説に親しんできた読者だけでなく、出版する側——編集者や他のノンフィクション作家——をも含めてである。

小説であれ、翻訳であれ、新著が出る場合には週刊誌や全国紙の幾つかに村上は寄稿文を載せている。あるいはインタビューを受けている。他の小説家や評論家には期待できない優位性である。小説の場合には評者による座談会が掲載されたり、複数の書評掲載などの特集が組まれたりもする。『アンダーグラウンド』の場合には、その作品の特性からノンフィクション作家五人による書評の特集を組んだ雑誌もあった。(「文學界」一九九七年六月号)

五人の中で井田真木子が独自の手法で明らかにした現実は、筆者にとって興味深いものだった。『アンダーグラウンド』に付された解説文「目じるしのない悪夢」に目くらましされている多くの評者を振り返らせる効果を持っていたからである。

井田は『アンダーグラウンド』の刊行自体が「事件」だと考えている。その結果、他の四人が正面から作品の方法や内容を論じているのとは異なる手法をとった。編集者や記者など「作品に第一次遭遇することを職掌としている」人たちの聞き書きという『アンダーグラウンド』から拝借した方法である。話を聞いた人は十三人、プロフィールは伏せられている。

井田はこの原稿が村上春樹ではなく、無名の書き手が完成原稿を持ち込んだらどうするかと尋ねた。記録として貴重だから出す。出すにしても、村上でないなら大幅に切ってくれという。著者が無名でこの厚さなら採算ベースには乗らない。村上以外では出せない。ノンフィクションとして序章や終章はルール違反であり、少なくとも終章は切る。偶発的な地下鉄サリン事件を現代版『きけわだつみのこえ』と捉えるのはナンセンス。サリンを書くならオウムも書くべきだ。

意見に幅があるのは当然である。筆者自身は村上の作品でなければ出版社はこの本を出すだろうかという疑問を持つ。そして、なぜ被害者にインタビューしなければならないのかと感じる。つまり、執筆動機が理解できない。

アメリカに三年半住んで日本のことがもっと知りたくなったとか、麻原彰晃がどのような存在であったのか「オウム・ウォッチャーと逆の方向から探ってみたかった」というモチベーションを週刊誌のインタビューで村上は語っているが、そこでは次のようにも述べている。

何で僕がオウムの事件をテーマにしたのか、最初のうち僕自身もよくわからなかったんですよ。ただ「やるべきだ」という思いでとりかかったんです。でも、やっているうちにだんだん見えて来た。それはやはり、僕自身の中にあった社会的な責務感というか、物語を使って何ができるかという読者に対する、社会に対する責任を感じたからでしょう。今回の事件でそれを非常に思い知らされました。

（「週刊現代」一九九七年三月二十二日号）

デタッチメントを存在のあり方として選んでいる人間を主人公としてきた村上春樹という作家の発言としては意外なものだが、その変化についてはすでに河合隼雄との対談で明らかにしていた。

（……）小説を書くときでも、コミットメント（かかわり）ということがぼくにとってはものすごく大事になってきた。以前はデタッチメント（かかわりのなさ）というのがぼくにとっては大事なことだったんですが。（……）アメリカにいるあいだ、なにコミットすればいいのか、これからどうすればいいんだろうってぼくはずいぶん考えてきたつもりなのです。ところが、日本に帰ってくると、やっぱりなににコミットしていいかわからないんです。それがものすごく大きい問題なんです。

（「村上春樹、河合隼雄に会いに行く　第2夜」「世界」一九九六年五月号）

それにしても、なぜ被害者へのインタビューという形をとる必要があったのか。このことへの解答は、ここでテーマとなっている剽窃との関わりで明らかにしたいが、それは次のような井田の問題設定も無効にする。

井田は「こういう書き方も面白いと思う」と記しながらも、質したいこととして次のように書いている。

（……）著者はサリンの被害者の取材を進めるうちに、それを受け入れる器としてノンフィクションを発見したのだろうか。それとも、あらかじめノンフィクションという方法論を実験的試みとして定め、予定された方法論の上に、もっとも適した主題として60人の聞き書きを滑走させたのだろうか。

（「村上氏の方法論」「文學界」一九九七年六月号）

井田はこれを「究極的な二者択一」だとしているが、おそらく解答はそれ以前にある。これはなぜ書くのか、というより初発の動機がどこにあるのかを探ることになる。『1Q84』の最後の場面が何を意味するかと問うのと同じく、問いの設定とはまったく位相の異なる剽窃という観点から論ずるのが適切だと筆者は考える。

村上自身が海外（台湾）誌のインタビューに答えている。

日本でも天災による被害者は少なくありませんが、一つのジャンルまではなっていません。僕は『アンダーグラウンド』を書いているとき、十八世紀に南米で起きた橋の落下事件を思い出しました。数十人が犠牲になった事故でアメリカの作家ソーントン・ワイルダーがこの事件を題材とした『サン・ルイ・レイの橋』という小説を書いています。あくまでフィクションですが、その橋の上をそのときたまたま歩いていたのはどのような人々だったのか、彼らはどうしてそこにいたのか、ということについて書いた物語です。三年前の三月二十日、午前八時過ぎに、サリンをまかれた電車に乗り合わせた人々について、僕は知りたかったのです。たまたま同じ電車に乗り合わせた人々は、どんな職業についてどんな理由からその電車に乗ったのか、この事件に遭遇したことによって、その後の人生にどんな変化が起きたのか。

（「時報周刊」一九九八年）

ここで村上はソーントン・ワイルダーの『サン・ルイ・レイの橋』（一九二七年）が大きなヒントになっているることを明らかにしている。しかし、もちろん順序は逆である。『アンダーグラウンド』を書いているときに橋の落下事故を思い出したのではなく、かつて読んだワイルダーの小説が頭のどこかにあったからこそ、なぜ事故が起きたのかではなく、その事故の犠牲者だった人たちはどのような人だったのかに関心が行ったのである。その外形が剽窃すべき魅力的な部分として記憶に残っていたのである。

ミステリー小説であれば、事件の被害者の過去も調査され、そこで話が広がり、犯人捜査につながるというのは珍しくない。被害者に殺される理由があったというのは常套的な展開であろう。しかし、地下鉄サリン事件のようなケースでは被害者の事情を知る必要がどの程度あると言えるだろうか。

村上は「目じるしのない悪夢」（『アンダーグラウンド』）において、事件後、各種マスコミは膨大なニュースの量を流していたが、「でも私の知りたいことは、そこには見あたらなかった」として、関心の向かう先を次のように書いていた。

もっと具体的に述べるなら、「そのときに地下鉄の列車の中に居合わせた人々は、そこで何を見て、どのような行動をとり、何を感じ、考えたのか？」そういうことだ。私はそのことを知りたかった。できることなら乗客一人ひとりについて細かいところまで、それこそ心臓の鼓動から息づかいのリズムまで、具体的に克明に知りたいと思った。

（「目じるしのない悪夢」）

ここで吐露されているのは膨れ上がった好奇心に過ぎない。こうした動機の説明にはノンフィクション作家からの疑問も呈されている。野田正彰はこの引用文を掲げた後、次のように書く。

　だが、こう書かれても本当の動機とは思えない。それがなぜ地下鉄サリン事件の被害者でなければならないのか、伝わってこない。（……）要するに日本社会の本質にかかわる事件は数少なくはないのに、なぜサリン事件であって別の事件ではないのか。どうやら、村上春樹という作家がこれほど困難な面接を行う動機は隠されている。

（「隠された動機」「群像」一九九七年五月号）

おそらく、『1Q84』の結末が典型的であったように、現在の村上作品に深いモチーフや意味を求めることは考え直した方が良い。村上作品は本人の記憶に残っている剽窃されるべきイメージを求めてメタファーが繰り返され、パラフレーズが重層化されていく。本章の章題である「剽窃とスポンテニアス」の作家だと認識することをベースにしなければいけない。

事件・事故の被害者への過剰な取材は今日、極めて慎重になされるべきだとされている。あるいは端的に、被害者側から要請がなければ、すべきでないという自重も求められている。こうした約束を破っての、特ダネ狙いの取材行為によって県警の記者クラブからテレビ局が追放処分となるケースも出ている。

ところで、村上がこのような方向に向かう契機となった『サン・ルイ・レイの橋』ではなぜ犠牲者の詳細が明らかにされる必要があったのだろうか。この点を作品に沿って考えてみたい。

アメリカで一九二七年に刊行され、翌年のピュリッツァー賞を受賞した『サン・ルイ・レイの橋』は伊藤整の翻訳によって荒地出版社版『現代アメリカ文学選集8』（一九六八年）に収録された。訳者の伊藤整はこの小説を「一流中の一流」と評価し、「一度この作品を読んだ人は、決して忘れることができないだろう」とまで訳者解説で書いている。筆者も全く同感する。

ではどのような内容か。全体は五部に分かれている。

第一部では一七一四年七月二十日の金曜日の正午、ペルーのリマからクスコに向かう公道に架けられた橋が壊れ、その上にいた五人が深い谷底に墜落して亡くなったことが紹介される。ここで橋と書かれるのは鉄橋などではなく、峡谷の上に渡された薄板にすぎず、ブドウの蔓がが手すりとなっているような吊り橋と呼ぶべきものである。この事故を目撃したフランシスコ会のフニペル神父は、「なぜあの五人にだけあの災難が降りかかったのだろう?」との感慨に捉われる。神の意志が働いたのか？　こう考えて神父は五人がどのような生活を送っていたのか知るために、六年かけてリマ市の様々な家を訪ねまわり、数十冊のノートを書き溜めた。第五部ではこの神父の行動が宗教裁判官の目に止まり、ついに火あぶりの刑に遭ってしまう。

第二部から第四部までは亡くなった五人の生活の有様が語られる。体裁としては燃やされたノートの写本により、作者が語るという体裁になっている。

第二部ではモンテマヨール侯爵夫人がスペインに嫁いだ娘を愛するあまり、逆に娘に疎まれる様子が手紙のやり取りを通じて精細に作者によって語られる。夫人は孤児院から健気な働き手であるペピタを侍女として引き受けている。傲漫な夫人だが、不運な運命を生きるペピタに愛情を寄せる。この二人が峡谷の底に落ちたのである。

第三部では尼僧院の前に捨てられていた双子兄弟の話となる。二人は親密な兄弟愛に結ばれて成長するのだが、女優ペリチョーレに兄マニュエルが恋することで二人の関係に微妙な揺らぎが生じる。彼は膝を金具にぶつけて肉まで裂け、それが悪化するのだが、それからの弟エステバンとのお互いを思いやる言葉のやり取りは深く心に響く。兄の死後、傷心のエステバンは船長の誘いを受け外国に行こうとするのだが、その途中、橋を渡る際に落下したのである。

そして第四部の中心はペリチョーレである。多芸多才で勤勉なる俗物、何でも屋というべきピオ小父さんはカフェで歌っていた貧乏暮らしの十二歳の彼女を買い取った。酒蔵で寝泊まりしていたペリチョーレはピオ小父さんにベッドを与えられ、教育も受けた。成長した彼女は総督の愛人となり、三人の子供を産む。その頃にはピオ小父さんは彼女から忌み嫌われ、遠ざけられてしまう。ただ最後には、くる病で痙攣を起こしやすい体質の一人息子、七歳のドン・ハイメを彼女から一年間ピオ小父さんは預かることになる。そしてリマへ向かう途中、ピオ小父さんとドン・ハイメは谷底に落ちたのである。

フニペル神父には宗教的な理由から、落下した五人がどのような生活を送っていたかを明らかにしたい強い動機があった。その動機が底部にあればこそ、第二部から第四部の登場人物の配置、運命の進展は強い緊張感を孕むことになる。五人それぞれの来歴を私たちは知ることになる。第五部ではある村でペストの流行で死んだ十五人と、生き残った十五人についての聞き取り調査をフニペル神父がしたことが紹介される。死者の方が残存者より五倍も貴重であった、生きる価値があったという結果を神父は知るのである。

谷底に落ちた五人は傲慢さや俗物性、臆病さなど様々な性質を有していたけれども、なぜ突然の死に見舞われるわれなければならなかったのか。第一部と五部はクリスチャンであれば、より強く宗教的思考に誘うものかもしれない。

長々と『サン・ルイ・レイの橋』の内容に立ち入ってきたのは、次のことを対照的に明らかにするためだった。すなわち、村上はこの傑作から主要部分（第二部から四部）そのものよりも、予期せぬ事故の犠牲者の生活はどうだったのかという設定の方を記憶に残したのである。この受け止めは方は村上が若い日から小説家の資質を有する人間だったからかもしれない。

実は、村上が『アンダーグラウンド』を構想するにあたっては、もう一冊、剽窃すべき形式が必要だった。「ブルータス」二〇二一年十月十五日号で村上自らが明らかにしている。それは日本で一九八五年に発行された、ピュリッツァー賞（ノンフィクション部門）受賞のスタッズ・ターケル著『良い戦争』である。多くの関係者の発言をもとにして「ものごとの全体像が次第に明らかになっていく」という手法を取った本である。「僕が『アンダーグラウンド』という本でやりたかったのも、それと同じことだ。地下鉄サリン事件の被害者たちの直接の証言を集めることで、その事件の重要な核心が必ず浮かび上がってくるはずだと信じて、作業を進めた」（同誌）と書いている。つまり、五人というような犠牲者の数ではなく、インタビューに応じてくれる六十人以上という犠牲者数（関係者を含む）が必要だったのである。

『サン・ルイ・レイの橋』における五人の不慮の事故犠牲者の生活を探査するという手法と、多人数による聞き取りで全体像を明らかにするという手法の両方が必要だった。いわば外形の剽窃ブレンドが『アンダーグラウンド』の構想を可能にしたのである。多くの人が『アンダーグラウンド』の執筆動機が分からないと嘆くのは、もっぱら内容にそれを求めるからである。犠牲者の生活を探る、それも多人数でなけらばならないという手法に対して強い動機が村上に生まれていたのである。

すでに執筆動機は明らかになった『アンダーグラウンド』だが、ここでさらに「目じるしのない悪夢」を検証するのは、村上の小説の方法であり、大きな魅力となっているメタファーとパラフレーズの作用を考えてみたいからである。それは「目じるしのない悪夢」でも有効だろうか。

その副題「私たちはどこに向かおうとしているのだろうか？」に合わせていうならば、「村上は私たちをどこに連れて行こうとしているのか」、ということになる。村上はまず次のような奇妙な論理を提示する。

この地下鉄事件の実相を理解するためには、事件を引き起こした「あちら側」の論理とシステムを徹底的に追及し分析するだけでは足りないのではないか。もちろんそれは大事で有益なことだが、それと同じ作業を、同時に「こちら側」の論理とシステムに対しても並行して行っていくことが必要なのではあるまいか、と。「あちら側」が突き出してきた謎を解明するための鍵は（あるいは鍵の一部は）、ひょっとして「こちら側」のエリアの地面の下に隠されているのではあるまいか？

（「目じるしのない悪夢」）

地下鉄サリン事件の解明には「あちら側」の論理とシステムを理解することが必要だった。しかし、ここで小説におけるパラフレーズに該当する論理の転換が行われる。犠牲者たちや私たちのいる「こちら側」の論理とシステムから探ることも必要だという問題提起がなされる。

小説家村上春樹にとっては麻原彰晃という人物が関心の対象外とはならないことも表明される。それは次のごとくである。

村上にとって、『ノルウェイの森』の主人公がそうであるように欠損を抱えた人間は強く関心を惹く。「彼（麻原）はその個人的欠損を、努力の末にひとつの閉鎖回路の中に閉じ込めた」のであり、「そのようなシステム確立にたどり着くまでの麻原自身の懊悩と内的葛藤はおぞましいまでに血みどろのものであったに違いない。またそこには『悟り』というか、なんらかの『超常的な価値の獲得』もあったに違いない」（同前）とまで書いている。

このような見方は、『1Q84』のリーダーにつながっていくことは明らかであろう。島田裕巳が村上に「カルト的な世界に一定の共感が生まれて」いると読後感を書いている（「これは『卵』側の小説なのか」）が、それは共感というよりも、やがて執筆しようとしている長編小説――村上が念願としている「総合小説」――に不可欠なリーダーのモデルとして重要だったのだと思われる。

欠損を抱えた麻原の差し出す物語は一定の力を有しており、信者たちは自らの自我を差し出してその物語に取り込まれていく。信者たちの問題としてこうした点が確認されることは必要かもしれないが、村上はここでパラフレーズして先ほどの問題提起と同じことを述べる。

あなたは誰か（何か）に対して自我の一定の部分を差し出し、その代価としての「物語」を受け取ってはいないだろうか？　私たちは何らかの制度＝システムに対して、人格の一部を預けてしまってはいないだろうか？　もしそうだとしたら、その制度はいつかあなたに向かって何らかの「狂気」

を要求しないだろうか？（同前）

この転換は一般論になってしまっている。麻原の差し出す物語に取り込まれた末の犯罪という核心から離れ、広く私たち現前性を生きる人間の誰もが直面する問題にと一般化されている。会社員であれ公務員であれ、その制度に取り組まれることは誰にでも起きる。しかし制度の強制することを拒否することは可能であり、その際の葛藤や苦悩は文学が取り組むべき現代的な課題だとも言える。

繰り返すが、こうしたパラフレーズによって、加害者である信者が麻原の物語に取り込まれた点を問題視していたはずが、私たちもまた何らかの制度によって「狂気」を要求されるのではないかと村上は一般化している。村上が被害者にインタビューするという本来の目的から大きくずれてきているのである。

さらに村上はパラフレーズを繰り返し、意味が転換されてしまう。阪神淡路大震災と地下鉄サリン事件はその暴力性という点で同一化されてしまうのである。

それら（震災とサリン事件）は、考えようによってはひとつの強大な暴力の裏と表であるということもできるかもしれない。あるいはそのひとつを、もうひとつの結果的なメタファーであると捉えることだってできるかもしれない。

それらはともに私たちの内部から――文字どおり足元の下の暗黒＝地下（アンダーグラウンド）から――「悪夢」というかたちをとってどっと吹き出し、同時にまた、私たちの社会システムが内奥に包含していた矛盾と弱点とをおそろしいほど明確に浮き彫りにした。私たちの社会はそこに突如姿を見せた荒れ狂う暴力性に対して、現実的にあまりにも無力、無防備であった。（……）そこであきらかにされたのは、私たちの属する「こちら側」のシステムの構造的な敗退であった。（同前）

ここで私たちは何を読まされているのか思い出す必要がある。地下鉄サリン事件に遭遇した犠牲者の人たちはどのような人たちだったのか、どんな生活を送っていたのかとの関心が始まりだった。村上の関心はそこから離れ、あたかも私たちの生きる世界（＝「こちら側」の世界）のシステムの不備が暴力性の被害を招いたというような論調となってしまっている。

さらに引用文において特徴的なのは、メタファーを多用する小説家としての村上の特徴がこうした解説文でも出てしまっていることだ。レトリックの乱舞と言って良い。阪神淡路大震災と地下鉄サリン事件が暴力の裏表とはどのような意味だろうか。ましてやそれら現実の事件・事故をメタファーと捉えることは現実から離れ、レトリックで戯れることにしかなっていない。

序章で触れたように、川本三郎は『アンダーグラウンド』を村上が社会派への変貌を意図していると捉えた。実際、先の引用文を経て村上は、「私たちの社会システムが用意していた危機管理の体制そのものが、かなり杜撰で不十分なものであった」との社会派めいた結論を、『ねじまき鳥クロニクル』でノモンハン事件の資料を調べた際に知った「その当時の帝国陸軍の運営システムの杜撰さと愚かしさ」とに結びつけている。

『アンダーグラウンド』の犠牲者、あるいはその関係者にインタビューするという手法は、ソーントン・ワイルダーの『サン・ルイ・レイの橋』とスタッズ・ターケル著『良い戦争』の手法――内容ではなく、いわば外形――を剽窃したものだった。もちろん、その二つの手法を採用するところに村上のオリジナリティーがあったと見ることもできる。それでも、今見てきた「目じるしのない悪夢」における結論は、基底にそうした剽窃から始まっていることを私たちは認識した方が良い。その方が社会性を意識し、暴力性に踏み出した村上春樹という作家の特性はより理解しやすいからだ。

第二章　幻視から幻想世界へ
——転換点としての『ダンス・ダンス・ダンス』、そして『ねじまき鳥クロニクル』へ

村上春樹の小説で主人公のあり方がデタッチメントからコミットメントを目指す方向に切り替わった転換点は『国境の南、太陽の西』だった。そこでは主人公が他者性としての妻と最終的に向き合うことがその転換の要だった。

ここで筆者が改めて転換点を持ち出すのは、『海辺のカフカ』以降の分冊本長編小説で明らかとなる小説内の現実世界（こうした表記を村上がしているわけではないが）と幻想世界とが混淆する形式が『ダンス・ダンス・ダンス』に始まっていることを確認するためである。そこから小説内の現実世界と幻想世界を自由に行き来できる『ねじまき鳥クロニクル』が生まれたのだった。これは『海辺のカフカ』において私たちが普通には理解しがたい設定までをも可能とする基盤だった。

例えば、東京中野区でナカタさんがジョニー・ウォーカーを殺した際の血がなぜか四国にいるカフカ少年の手とTシャツについているという不可解な場面も、村上において当たり前となっている。それは次のように村上本人によって説明されている。

（……）僕の考える物語という文脈では、すべては自然に起こり得ることなんです。この遠隔的な父殺しみたいみたいなことも、むしろ僕の考える世界にあっては自然主義リアリズムなんです。だからたとえばナカタさんが殺してカフカの手に血がつくというのは、まったく不思議ではないんですよね。なぜかと言われても困るんだけど、それは当然あり得ることなんです。（……）なぜあり得るかというと、普通の文脈では説明できないことを物語は説明を超えた地点で表現しているからなんです。物語は、物語以外の表現とは違う表現をするんですね。

（「『海辺のカフカ』を中心に」「文學界」二〇〇三年四月号）

このように説明されて納得できる読者がどれほどいるだろうか。こうまで徹底して非現実的な幻想世界までもが自分にとってはリアリズムなんだとされる道筋を振り返ってみたい。

幻視される鼠

村上春樹はすでに第二作の『１９７３年のピンボール』（一九八〇年）において幻視の光景を描いていた。スペイン語の講師に案内され、かつて養鶏場の冷凍倉庫だった場所で「僕」が七十八台のピンボール・マシンと対面した際のことだ。紛れもなく小説における現実世界と連なる場所で幻視というか、幻聴を耳にするのである。

「巨大な冷蔵庫の内部のように見えた」その倉庫は、あくまで小説内の現実世界に留まっている。「象の墓場のようにも見えた」との比喩自体がそれを物語っている。かつて作動していた七十八台のピンボール・マシンも堅固な現実であり、そこに「それは古い、思い出せぬくらいに古い夢の墓場だった」という「僕」の想いが召喚される。

レバー式の大きなスイッチを入れると、「何万という鳥の群れが翼を広げるようなパタパタという音」がしてピンボール・マシンが起動する。「僕」は目指す3フリッパーのスペースシップの前に立ち、語りかける。

やあ、と僕は言った。……いや、言わなかったのかもしれない。とにかく僕は彼女のフィールドのガラス板に手を載せた。ガラスは氷のように冷ややかであり、僕の手の温もりは白くくもった十本の指のあとをそこに残した。彼女はやっと目覚めたように僕に微笑む。懐かしい微笑だった。僕も微笑む。

（『１９７３年のピンボール』22）

こうして幻視・幻聴の場面は始まる。そこから続く会話は私たちが次作の中編小説「街と、その不確かな壁」や本章のメインとなる『ダンス・ダンス・ダンス』などで再三耳にするフレーズとなる。「君のことはよく考えるよ、と僕は言う。そしておそろしく惨めな気持ちになる」「何故来たの？」「君が呼んだんだ」「ずいぶん捜したよ」「いろんなことが変わっちまったよ」。

後の作品につながるこうした会話ばかりではない。どうといったことのない会話が数ページにわたって続く。そして、「僕」は次のような思いを抱く。

僕たちはもう一度黙り込んだ。僕たちが共有しているものは、ずっと昔に死んでしまった時間の断片にすぎなかった。それでもその暖い想いの幾らかは、古い光のように僕の心の中を今も彷徨いつづけていた。そして死が僕を捉え、再び無の坩堝に放り込むまでの束の間の時を、僕はその光とともに歩むだろう。（同前）

初期の村上春樹の感性の有り様がよく窺われる文章である。後年になるほど、村上はこうした感性の直接的な現れを嫌うようになる。自らの小説の技法として、直接的な表現を避け、メタファーを多用し、パラフレーズを重層化することで、もともと何が言いたかったのかまったく分からなくなるという傾向が強くなる。

先の引用文は、死んだ時間の断片であるかつての想いは古い光のように今も自らの心の中にあり、そうした想いとともに人は生きるという感性のあり方を示している。第三章で触れるが、こうした感性のあり方は「街と、その不確かな壁」においては古い夢として描かれる。その夢は「限りない哀しみとその暗さだけ」が特徴とされるものだったが、ある時、数千の古い夢が光り輝く場面に「僕」は遭遇し、自分の暗い夢を見捨てることができず、それを理由として壁に囲まれた街を出る決断をする。

『1973年のピンボール』と「街と、その不確かな壁」（「文學界」一九八〇年九月号）にあったこのあり方は、ストーリーテリングにおいて大きな進歩を達成した『羊をめぐる冒険』（一九八二年）でも継続する。同時に、本章のテーマである幻視の場面も作品の結末に向けて重要な役割で登場する。

ここでは『羊をめぐる冒険』の全体でなく、特に幻視の場面に絞って言及したい。そのため最終章となる第八章「羊をめぐる冒険Ⅲ」の10～12を取り上げる。それらは小説内の現実世界を生きる「僕」が直面する幻視の場面となる。

ここで幻視というのは、外界に対する意識が薄れ、妄想や錯覚が起こる譫妄という事態ではなく、自らの意思で呼び寄せる幻想性だと言って良い。幻視が可能なのは作者の側に明確な表現の意思があるからにほかならない。

幻視であることは次のように示されている。

僕は鏡の中の羊男の姿を確かめてみた。しかし羊男の姿は鏡の中にはなかった。誰もいないがらんとした居間に、ソファー・セットが並んでいるだけだった。鏡の中の世界では僕は一人ぼっちだった。背筋がきしんだ音を立てた。

（『羊をめぐる冒険』第八章９）

頭からすっぽり羊の皮を被っている羊男は戦争に行きたくなくてその地に隠れていたのだという。まことに奇妙な設定ではあるものの、小説中の現実世界に生きている存在ではある。一方、鼠は羊男の姿を借り、かつて自分の父親の別荘だった館に到着した「僕」の前に現れたのだったが、彼は鏡には映らない存在となっていた。ただ、「僕」が幻想世界、あるいは異界に侵入してしまったという『ダンス・ダンス・ダンス』に始まり『騎士団長殺し』（二〇一七年）にまで続く事態とは明らかに異なる。「僕」のいる場所は小説内現実世界から場所を移動しているわけではない。幻視されるべき存在として鼠がそこにやって来ているのである。

この小説では中国で羊博士の体内に入った羊がその後、獄中の右翼青年の体内に入り、出獄した彼は中国で巨大な財産を築き、戦後も政財界のフィクサーとなったこと、そして意識不明となった彼から鼠の体内に移ったことがストーリーの背景となっている。

鼠は羊からすべてを支配できる「観念の王国」を提示されるが、自身の弱さを生きたいという自らの意思によってそれを拒否する。

「俺は俺の弱さが好きなんだよ。苦しさやつらさも好きだ。夏の光や風の匂いや蝉の声や、そんなものが好きなんだ。どうしようもなく好きなんだ。君と飲むビールや……」鼠はそこで言葉を呑みこんだ。「わからないよ」（『同前　第八章12）

これは鼠に託した感性のあり方として『1973年のピンボール』から持続されたものだった。そこでは「僕」の分身ともいえる鼠は少年時代、夕暮れの中を浜辺の灯台までよく通っていた。そこでの風景に包み込まれる鼠はその時空間に魅せられていた。そこからの帰路は次のように書かれる。

夕闇が空を被い始めるころ、彼は同じ道を辿って彼自身の世界へと戻っていった。そして帰り途、捉えどころのない哀しみがいつも彼の心を被った。行く手に待ち受けるその世界はあまりに広く、そして強大であり、彼が潜り込むだけの余地など何処にもないように思えたからだ。

（『1973年のピンボール』4）

こうした感性は『ノルウェイの森』の直子にまでつながっていくものである。いわば純粋性が求められている。世間で生きることに伴う猥雑さに対する怖れが表明されている。そして『羊をめぐる冒険』にまでストレートにつながる鼠の感性のあり方も次のように書かれている。

（……）二人（鼠と女の子）は林に戻り、強く抱き合った。海からの潮風、木々の葉の香り、叢のコオロギ、そういった生き続ける世界の哀しみだけがあたりに充ちていた。（同前8）

ここでは現前性を生きることに伴う哀しみが明確に意識されている。羊の提示する万能の「観念の王国」を拒否するのはこうした感性のあり方が根拠となっていた。このように書いてきて、改めて『羊をめぐる冒険』の分かりやすさに筆者は驚嘆する。『海辺のカフカ』以降の分かりにくさと比べれば雲泥の差である。感性のあり方が分かりやすく、直に吐露されるだけでなく、そもそもの羊の設定などの奇妙さにもかかわらず、ストーリー展開としてもここではまだ分かりやすい。

例えば、それまで重要な役割を果たしていた耳のモデルが別荘に到着した後、理由も告げずに姿を消してしまうことである。どのように帰ることができたかなど不可解さは残るけれども、小説中で羊男の姿を借りた鼠によって、「俺たちはあの子を巻き込むべきじゃなかったんだ」と一応の説明がなされる。曖昧だけれども、後年の村上作品と比べれば納得がいく形での説明はされている。

現実世界と非現実世界（＝異界）の往来が自由になり、主人公がその異界で殺人という行為すら犯す『ねじまき鳥クロニクル』に比べれば、鼠の登場は小説中の現実世界で「僕」によって幻視されるに止まっている。村上は小説中の現実世界で奇妙な存在として羊男を設定したのと見合うような形で、鼠は「怨霊的な存在」として幻視されたのである。

異空間の登場

ここで『ダンス・ダンス・ダンス』を取り上げるのは、度を越しているとの感もある『海辺のカフカ』における現実世界と異界（＝幻想世界）の混淆ぶりの糸口がこの作品にあると思えるからだ。次のような場面設定のことである。

かつての「いるかホテル」は二十六階建ての巨大なビルディングである「ドルフィン・ホテル」に変貌していた。その新しいホテルに泊まることで「僕」は奇妙な空間に誘われる。エレベーターの十五階のボタンを押し、次にドアが開くとそこは暗闇の世界だった。ドルフィン・ホテルのはずなのに、「ここはどこか違う場所なんだ。僕は何かを踏み越えて、この奇妙な場所に入り込んでしまったのだ」となる。つまり、小説内の現実世界というべき空間から異質な空間に入ってしまったのだ。これを主人公の深層意識と解する見方もあるだろうが、その理解ではストーリー展開での大きな広がりとなる幻想世界を説明できなくなる。

ここに登場する「異空間的な闇」の世界は、『羊をめぐる冒険』において小説内の現実世界に死者の鼠が羊男の姿を借りて「僕」に幻視されるという事態とは大きく異なるものだ。それは「**ジクウガコンラン**

シテイル」（ゴシック原文）とも表現される。

暗闇の中を壁に手を触れ進んでいくと、光がほのかに周辺を照らす古い木製のドアの前に来る。それはドルフィン・ホテルにはあるはずのない古いドアだった。そしてそこで待っていたのは羊男だった。そこが異空間であることは、「それで、外の世界の様子はどうだね？　何か変わったことは起こっていないかな？　ここにいると何が起こっているのかわからないもんでね」という羊男の問いかけからも分かる。

こうした異空間の登場こそがその後、村上が『ねじまき鳥クロニクル』や『海辺のカフカ』といった作品を生み出す技法的な面での契機である。それは繰り返すが、『羊をめぐる冒険』で死んだ鼠が幻視されるのとは根本的に異なる技法であり、非現実もまた現実なのだという物語観に村上が傾斜していく第一歩だった。

実際に、作者である村上の小説観（＝物語観）と思われるようなことを羊男には言わせている。

「ここにあるのは、あっちとはまた違う現実なんだ。あんたは今はまだここでは生きていけない。（……）ここはもちろん現実だよ。こうしてあんたが現実においらと会って話をしている。それは間違いない。でもね、現実はたったひとつだけしかないってわけじゃないんだ。現実はいくつもある。現実の可能性はいくつもある。

（『ダンス・ダンス・ダンス』11）

村上が近年のインタビューで答えている小説観そのものである。この後、「ここは死の世界なのか？」と問う「僕」に羊男は明確に「違う」と答えている。

ここでの「僕」と羊男の対話では、『ノルウェイの森』にまで至るモチーフ、あるいは先に示した感性のあり方が明確に窺われる。基本となる「僕」の感性のあり方は小説の冒頭で示される。何人かの彼ら／彼女らは「僕」のところにやってきて、「僕」と関わり、そして離れていく。彼らは「僕」の友人となり、恋人となり、妻にもなる。「でもいずれにしろ、みんな僕のもとを去っていく」。

そして「僕」の感性のあり方は次のように書かれる。

でももっと辛いのは、彼らが入ってきた時よりずっと哀しげに部屋を出ていくことだった。彼らが体の中の何かを一段階減らして出ていくことだった。僕にはそれがわかった。変な話だけれど、僕よりは彼らの方がより多く磨り減っているいるように見えた。どうしてだろう？　何故いつも僕が残されるのだ？　そして何故いつも僕の手の中に磨り減った誰かの影が残されているのだ？　何故だろう？　わからないな。（同前1）

こうした感性のあり方はやがて明確なモチーフとなり、妻との関係性というテーマを『国境の南、太陽の西』では引き寄せることになる。『ダンス・ダンス・ダンス』ではこの感性のあり方そのものが異世界を呼び寄せる。そのことが羊男との対話で明らかにされる。

夢の中で「僕」は羊男のいる異空間へ行くことになるとは感じていた。「僕は自分がここに含まれているように感じるんだよ」。この表現は『1973年のピンボール』で鼠が浜辺の灯台に出かけて周辺の風景に魅惑され、包み込まれていたことを想起させる。失われてはならない（と感じられる）純粋性の世界である。ここで異空間を呼び寄せるのが「僕」自身に他ならないことが明らかにされている。それは羊男の「あんたが帰ろうと思わなければ、ここは全く存在しないのと同じことなんだよ」（同前 11、以下同じ）との発言で裏打ちされる。

「僕」は現実世界で誰も真剣に愛することができなくしまっていると告白する。「僕が辛うじて繋がっているのはこの場所だけなんだ」。羊男のいるその場所がどんな場所かは分からないのだが、「僕は自分がここに含まれているように感じてきた」。羊男は「僕」の不安を解消するように念を押す。そこは「僕」の場所であるし、「僕」はそこに繋がっているのだと……。

その上で、羊男は現在の「僕」の状況について説明する。「僕」はいろんなものを失ったことで、「いろんな繋ぎ目を解いてしまった。それに代わるものがみつけられずにいる」。「僕」は同意するが、同時に、「でも僕は何かを感じるんだよ。何かが僕と繋がろうとしている。だから夢の中で誰かが僕を求め、僕のために涙を流しているんだ」とも言う。

私たちはここで、『羊をめぐる冒険』で姿を消した高級娼婦でもあった耳のモデルのキキが影の主役と言って良いほどの役割をこの小説で果たすのだと告げられている。「僕」のために涙を流しているキキというイメージがすぐさま喚起されるからだ。

次に羊男は興味深い指摘をする。「僕」がいろんな大事なものを失うことで自らも消耗しているとの趣旨で指摘される。「あんたは何かを失うたびに、そこに別の何かをくっつけて置いてきてしまったんだ」。自分のためにとっておくべきものまで置いてきたというのだ。それは「僕」によって傾向だとされる。羊男は、その傾向というものは、「ある地点を越えると、もうもとに戻れなくなっちまうんだ」。だからこそ「僕」は現実世界で踊り続けるべきだと羊男は忠告する。このあたりは前章で紹介した「羊くん（ミスター・シープ）」の歌詞そのものである。「何故踊るかなんて考えちゃいけない」。意味なんて考えてはいけない。踊りをやめたら異界に引き込まれてしまい、現実世界には戻れなくなってしまう。『ダンス・ダンス・ダンス』における「僕」と羊男の対話は、村上春樹という作家において異世界がどのように呼び寄せられるかの分かりやすい解説となっている。こうした異空間の性格はすでに死者となっているキキの登場でさらに明らかとなる。

キキによる異空間への導き

ホノルルのダウンタウンで「僕」はキキの姿を目にし、後を追って通りに並んだオフィス・ビルのひとつに入っていく。そこからの描写はドルフィン・ホテルの暗闇の中にあったドアを目指すのと同じく、異空間への侵入だった。

キキが乗ったと思われるエレベーターの停まった八階まで階段を上った「僕」は、各部屋のドアにかかった名札を読みながら廊下を進む。そこは廃墟のように静まりかえっていたが、やがてハイヒールの踵が硬い床を踏むコツコツという音を「僕」は聞く。靴音は一番端のドアの奥から聞こえていた。そのドアにはなぜか名札がついていなかった。何のオフィスだったかは思い出せないものの、そのドアにはちゃんと名札がかかっていたはずなのに……。

そのドアをノックすると靴音は止まってしまった。ドアノブを握り、回してみると鍵はかかっておらず、ドアは内側に開いた。部屋の中はまったくのがらんどうである。その後、窓際のドアを開けて、非常用らしい階段を登り、さらなるドアを開けるとそこは屋根裏部屋のような広い空間だった。「キキ！」と呼んでも返事はない。

結局、「僕」はドルフィン・ホテルの時とは違ってそこで誰にも会うことはない。ただ、そこで「僕」は六体の白骨を発見する。一つは小柄であり、一つは左腕が根元から無くなっていた。不可解さがそれなりに説明されていた『羊をめぐる冒険』と、意味不明が満載された『海辺のカフカ』の中間にあるような設定となっている。小柄な白骨はキキのことを連想させ、左腕の欠けた白骨は明らかにディック・ノースという登場人物を「僕」に想起させる。

羊男との対話によって「僕」の感性のあり方が明示されていたドルフィン・ホテルの場合と違って、キキを追っていったはずのホノルルのダウンタウンでは、ただ「僕」は異空間に誘われ、暗示的な六体の白骨に遭遇するだけだった。

小説は高校時代の友人五反田君が登場して「僕」と行動するユニークな場面を多く出してくる。また霊感のある魅力的な少女ユキやその母でインスピレーションの赴くまま行動する有能な写真家アメ、その恋人で不運がつきまとうディック・ノースといった登場人物でストーリーは展開する。同じ目的ながら俗物としか思えないユキの父親や刑事たち、日本国内やハワイでの娼婦たちもストーリーを展開させるために登場する。

加藤典洋などが重視するキキを殺した五反田君の分析など興味深い材料はあるけれども、ここではもっぱら異空間がどのように扱われているかに絞って考えていきたい。

キキはホノルルのダウンタウンでは「僕」と対面することなく、ただ「僕」を異空間へ誘導する役割だった。キキが羊男のように「僕」に対して暗示的な発言をするのは〈キキの夢〉と題する章においてである。「僕」の見る夢でのことだ。

夢の中で、「僕」はあのホノルルのダウンタウンで侵入した部屋でキキと対面している。そして、「君が僕を導いたんだろう？」と問う「僕」にキキは答える。

「そうじゃない。あなたを呼んでいたのはあなた自身なのよ。私はあなた自身の投影に過ぎないのよ。私を通してあなたがあなたを呼び、あなたを導いていたのよ。あなたは自分の影法師をパートナーとして踊っていたのよ。私はあなたの影に過ぎないのよ」　（『ダンス・ダンス・ダンス』42）

『ダンス・ダンス・ダンス』の表紙には、一人で踊る男が描かれ、その影が女性となっている佐々木マキの装画が使われている。すなわち、この引用文では村上の小説世界の種明かしがされている。この原理は二〇一七年に刊行された『騎士団長殺し』ではより明確に示されている。主人公が彷徨う「地底の世界」では、すべてが彼の取る行動に合わせて作られていくのだ。

「地底の世界」では森であったり、川であったり、横穴やそこに巣食う触手を伸ばしてくる得体の知れないものであったりは、主人公自身が作り出していた。「地底の世界」で待ち受けていた「顔のない男」はいみじくも、「お前が行動すれば、それに合わせて関連性が生まれていく」（『騎士団長殺し』第2部54章）、と主人公に告げている。これはスポンテニアスに書かれる人物や事象、場面が整合性を持つ必要はないのだという村上の小説観（＝物語観）によって可能となっている。

村上の小説における異界の性格はキキによっても説明される。自分を殺したのは五反田君だが、それは彼にとって必要なことだった。「でも私は死んでいないの。ただ消えただけ。消えるの。もうひとつの別の世界に移るの」。こう言ってキキは壁に向かってどんどん進み、そのまま壁の中に吸い込まれていったのである。

驚く「僕」に「あなたもやってみれば」とキキの声が促す。壁に向かって歩き、そのまま壁にあたっていった。「でも体が壁に当たっても、何の衝撃もなかった。僕の体は不透明な空気の層をすり抜けただけだった」。それどころか、「僕」は自分の部屋のベッドに戻っていたのだ。その後の作品、例えば『ねじまき鳥クロニクル』などでの壁抜けの原型がすでにこの作品に現れている。ここで私たちは村上の小説観、あるいは小説の方法を告げられているのである。幻視も夢も深層意識も幻想世界としてストーリーを進める上での手段として利用される。

そう考えるなら、後の『アフターダーク』（二〇〇四年）の次のような場面など当たり前ということになる。この小説（と言って良いのなら）は奇妙な視点から書かれている。天空から都市を見下ろし、自在に部屋の中やファミレスの内部も見回す視線とは何だろう。それは映画の画面を提示されているように思える。そこに作者による登場人物の心理描写まで加わるという不徹底さがあることで、曖昧な印象を残す作品と言える。

本章で述べていることとの関連では次のような場面に注目すべきであろう。

午前〇時前には自分の部屋のベッドで寝ていたはずの浅井エリは、午前三時過ぎには彼女の姿は消えており、ベッドはメイクされたままの状態となっている。一方、室内にあったテレビの画面には顔のない男が椅子に腰掛けており、なぜかエリはそのテレビ画面にあるベッドで寝ているのだ。エリはテレビ画面内に移されてしまったのだ。

何が起こったのか？　誰がどう考えても分からないだろう。けれども村上は、「浅井エリの身に何かが起こりつつあるのだ」と書く。時刻は少し進んで三時二十五分である。「今、浅井エリの唇の隅が微かに動いたようだ」。そして、私たちにはすでに馴染みの表現が来る。「目の錯覚かもしれない。何かの変化を求める心が、このような幻視をもたらしたのかもしれない」。

カメラの視線だと思われたものが明確な意思を語る――。テレビの画面に入り込み、向こうに移動するというのだ。

決断さえすれば、そんなにむずかしいことではない。肉体を離れ、実体をあとに残し、質量を持たない観念的な視点となればいいのだ。そうすればどんな壁だって通り抜けることができる。どんな深淵をも飛び越すことができる。そして実際に、私たちは純粋なひとつの点となり、二つの世界を隔てるテレビ画面を通り抜ける。

（『アフターダーク』10）

ここまで述べてきたことからすれば、村上春樹の小説世界では当然のように思える。『ダンス・ダンス・ダンス』まで羊男やキキによって語られてきた村上の小説観や方法とみられるものは、その後、『アフターダーク』に至るまで小説内で自己解説されることはなかった。ただ、『海辺のカフカ』において、小説内の現実世界と異界、もしくは幻想世界との相互浸透をあまりに自由に許し、まったく制御しなかった結果、理解しがたいという声の大きさに、いわば弁解のように二年後に『アフターダーク』は刊行されたのかとも思われる。

ともあれ、『ダンス・ダンス・ダンス』では夢や偶然によって、小説内の現実世界からドルフィン・ホテルやホノルルのダウンタウンにある異空間へ移動したのだった。『ねじまき鳥クロニクル』ではさらにその方法は可能性を広げていく。つまり、主人公自らの意思によって異空間へ移動することになる。

『ねじまき鳥クロニクル』の夢と壁抜け

村上春樹は三巻からなる『ねじまき鳥クロニクル』で本来異質の、小説内の現実世界と幻想世界を慎重に馴染ませていく。基本的には主人公と妻クミコ、その兄である綿谷ノボルの三人をめぐる話が中心であるものの、第1部と2部でのストーリーラインは次の四つである。

①　消えた妻クミコをめぐる、綿谷ノボルなど彼女の家族まで含めた回想
②　加納マルタ・クレタ姉妹による奇妙なアプローチ
③　本田老人に繋がれた間宮中尉によるノモンハンの話
④　笠原メイと井戸の底

②と④は①を進めていくための梃子のようなものである。ただ、特に②の加納クレタの役割は大きな比重を占める。④はクミコを求める主人公が幻想世界に侵入するためのとば口となっている。

異世界はまず夢によって作品に現れる。第1部8章の加納クレタの「自殺すれば痛みは消える」に集約される長い話が終わった後のことである。9章で主人公は区営プールで泳いでから、自宅でコーヒーを飲みながら加納クレタの「奇妙な身の上話」について考えを巡らすうちに眠りに落ち、夢を見る。そこはその後も幾度か夢や壁抜けで自ら呼び寄せる異空間である。

幻想世界たるその異空間には広いホールがあり、「顔のない男」がいて二〇八号室に案内される。そこには必ず女性がいる。彼女は加納クレタであったり、電話をかけてくる謎の女であったりする。この9章では加納クレタのフェラチオによって主人公は射精することになる。

第2部の2章でも主人公は夢の中で同じ部屋、同じ加納クレタと性交するのだが、なぜか途中で謎の女に代わってしまっている。すでにここまでの二回の加納クレタとの性行為が、実は小説内の現実世界と幻想世界が混淆しているのだと彼女の方から明らかにされる。

加納クレタは二回の主人公の夢の状況を正確に知っており、「もちろん私たちは現実に交わっているわけではありません。岡田様が射精なさるとき、それは私の体内にではなく、岡田様自身の意識の中に射精なさるわけです」（第2部4章）と説明する。これはそのまま『海辺のカフカ』の不可解さとつながる、幻想世界が小説内の現実世界にも浸透している状況である。ただ、『ねじまき鳥クロニクル』ではより丁寧に小説は構成されている。

実はこの第2部4章では間宮中尉のノモンハンのラインの方でも、並行して幻想性が強く打ち出されているのである。

井戸の底に放り込まれた間宮中尉は強烈な光が差し込んだ瞬間に、その光の洪水の中に、何かが形を作ろうとし、黒く浮かび上がろうとしているのを見る。「それは生命を持った何か」であり、彼の方にやってこようとするのだが、結局は光の中に消えてしまう。

間宮中尉に現れたこの幻想性の場面は、場所を移動することなくその場において幻想世界を呼び寄せる点で①のストーリーラインと共鳴するように仕組まれている。その共鳴の仕組みは第2部8章でさらに濃密な場面を引き寄せる。

そこでは冒頭、「夜明け前に井戸の底で夢を見た。でもそれは夢ではなかった。たまたま夢というかたちを取っている何かだった」と書かれている。間宮中尉が井戸の底、光の洪水の中で幻想性が強くもたらされたのと対になるように、夢ではない濃厚な異空間というべき幻想世界が「僕」によって体験されたのである。

夢の曖昧さなどそこにはない。

広いロビーの中央に据えられた大型テレビの画面では、綿谷ノボルが明快な演説をしており、主人公は「顔のない男」の制止を振り切って、強い意志で二〇八号室に入っていく。奥の暗い部屋で待っていたのは電話の謎の女だった。女は、「私はあなたのことをとてもよく知っている。あなたも私のことをとてもよく知っている。でも私は私のことを知らない」と謎に満ちたことを言う。

謎の女は途中で声質を変えたりもするのだが、第2部の最後は謎の女がクミコであると主人公が確信するところで終わる。しかし、この章では『ねじまき鳥クロニクル』のみでなく、村上春樹という作家にとってより重要な方法の展開が見られる。小説内の現実世界と幻想世界が結ばれてしまうのである。

第2部8章では謎の女と行為に及ぼうかという寸前、強くドアがノックされ、危険が察知される。主人公は謎の女とともにゼリーのようになった壁を通り抜けたのである。女によって射精すると同時に、主人公は頬の上に激しい熱を感じ、気がつくと壁のこちら側、すなわちもと居た井戸の底に戻っていた。単に壁を抜けただけではなかった。主人公の頬の上には赤ん坊の手のひらくらいの青黒い痣ができていたのである。夢のように、あるいは幻想世界と思えたあの部屋での経験は、「本当にあったこと」だったのである。

二つの世界の連続性は次のように書かれる。

　ふたつの領域を隔てていた壁がだんだん溶け始めている。少なくとも僕の記憶の中では、現実と非現実とがほとんど同じ重みと鮮明さを持って同居しているようだった。僕は加納クレタと交わったし、また同時に加納クレタと交わっていない。

（『ねじまき鳥クロニクル』第2部13章）

私たちが『海辺のカフカ』で出会う不合理な状況はすでにここで現出している。東京でジョニー・ウォーカーを殺した際に血を浴びたナカタさんが気づくと血は消えており、一方でその血は高松にいるカフカ少年の手やTシャツについていたという不可解な状況のことである。不可解さの原型がすでに『ねじまき鳥クロニクル』にくっきりと書き込まれていたのである。

そこから加速度的に二つの世界は混淆する。

引用文と同じ章で、主人公は自分の家のベッドで、隣に裸で寝ている加納クレタを発見する。彼女は一人、井戸の底にいるはずだったのだが、服も靴もなくして、本人も気付かぬうちに移動していたと言うのである。しかも足の裏はきれいで歩いてきた形跡はない。まさに『海辺のカフカ』に直接つながるような、自分の考える「物語という文脈では、すべては自然に起こること」なのだと村上が説明するような事態がすでに『ねじまき鳥クロニクル』で起きていたのである。

第三章　『ノルウェイの森』の系譜

──源流としての「街と、その不確かな壁」から『色彩を持たない多崎つくると、彼の巡礼の年』まで

村上春樹は『ノルウェイの森』のような小説は二度と書きたくはない、「僕が本当に書きたいタイプの小説ではない」、『ねじまき鳥クロニクル』こそが自分のやりたいラインだ（「村上春樹ロングインタビュー」「考える人」二〇一〇年夏号）といった趣旨の発言を度々している

リアリズムの文体を試してみたとか、三人の会話と固有名がいるといった技術的な問題としてでなく、自由に、すでに見た表現で言えばスポンテニアスに物語や場面、人物が湧出し、記憶の抽斗から取り出すといった村上の方法にそぐわないからである。

あらかじめ全体像を確定した上での執筆はしないといった村上の姿勢とは異なるものが『ノルウェイの森』にはあった。それは明確なモチーフ（＝促し）があって、作品中に強い磁場が形成されてしまうような、テーマと呼ぶべきものが私たち読む側に明確に伝わる作品だった。それを村上は嫌っている。村上以前の日本文学に濃厚だった自我の深刻な悩み、葛藤といった私小説の系統を避けたいところから出発した作家だったことからすれば当然である。

しかし、本人の意思にもかかわらず強いモチーフを感じさせ、強い磁場が生まれるタイプの小説が村上によってその後も書かれている。本章ではそのことを確認していきたい。それは長編小説としては『国境の南、太陽の西』から『色彩を持たない多崎つくると、彼の巡礼の年』にまで続く。短編にも同じモチーフ、テーマと窺われるものは少なからずある。

そして多くの人に意外と思われるかもしれないが、筆者はその源流として、雑誌「文學界」一九八〇年九月号に掲載された百六十三枚の中編小説「街と、その不確かな壁」の検証から始めたいと思う。それは出版社の要望にもかかわらず、『村上春樹全作品』に収録することを拒否された不幸な作品である。

源流としての「街と、その不確かな壁」

長編小説『世界の終りとハードボイルド・ワンダーランド』はこの作品から発展したものだとは誰もが思う。村上自身もそう断言している。しかしそれは、自らの影を切り離してしか入れない壁に囲まれた街や、そこに生きる一角獣といったアイデアが共通しているからに過ぎない。村上自身はこの長編小説における「世界の終り」がどうしてできたのか、どういう原理で成り立っているのか説明できないと述べているが（「考える人」二〇一〇年）、実際には「ハードボイルド・ワンダーランド」パートでプロットとしてどうして生成されたかはSF的な説明がされている。

「街と、その不確かな壁」ではどのようにできたのかはっきり書かれている。

その壁に囲まれた街は冒頭近く、2章において「君が僕に街を教えてくれた」と次のように説明されている。

「街は高い壁に囲まれているの」と君は言った。「広い街じゃないけれど、息がつまるほど狭くもない」

このようにして街は壁を持った。

君が語りつづけるにつれて街は一本の川と三本の橋を持ち、鐘楼と図書館を持ち、見捨てられた鋳物工場と貧しい共同住宅を持った。夏の夕暮れの淡い光の中で、僕と君は肩を寄せあうようにその街をじっと見下ろしていた。

本当の私が生きているのは、その壁に囲まれた街の中、と君は言う。でも十八年かかったわ、その街を見つけ出すのに。そして本当の私をみつけだすのに……（2章）

ある生き方、存在のあり方を選択した「君」によってその壁に囲まれた街は作られた。そこで「君」は夕方の六時から夜の十一時まで図書館に勤めている。そして「君」は図書館の書庫で古い夢の整理をする仕事をするなら「僕」もその街に入ることができるのだと告げる。

前章で見てきた小説内の現実世界から異空間というべき幻想世界に足を踏み入れた『ダンス・ダンス・ダンス』よりも八年ほど早い時代に、幻想的といっても良い「街と、その不確かな壁」は書かれていたのである。

村上は幾度も自分という小説家にとって、現実は非現実であり、非現実は現実なのだという浸透し合う状況が当たり前のことだとの発言をしてきている。ただ、村上自身もこの時点でこうした小説に挑戦するのは時期尚早、力不足だったとも述べている。それでも村上春樹という作家の資質はこの時点で明らかになったのだとも言える。

「君」によって創出された壁に囲まれた街で、本当の「君」は生きている。十八歳の夏の夕暮れに「僕」が抱いたのは「ただの君の影にすぎなかった」。すでに2章において「僕」と「君」の位置関係を知ることはできるのだが、不吉な文章でその章は終わろうとする。

> 君はその壁に囲まれた想像の街の中で死んだ。（……）
> しかし、人々が葬ったのは、君の影。死者に今ひとたびの死はなく、君は暗い図書館の奥にひっそりと生きつづける。古い夢とともに。
>
> 街に戻ろう。
> かつてはそこだけが僕の場所だった。そして季節は秋だった。（2章）

すでに十八歳の時には死んでしまっている「君」――。筆者にはどうしてもこのような記述が『ノルウェイの森』で直子が阿美寮に引き込んでしまって、やがて死に赴くことにつながるように思えてならない。純粋性の罠に捉われ、幻聴を聞く直子はここでの「君」としか感じられない。

村上は近年の発言ではパラフレーズを重ねる自身の方法について語る。「地の文では説明のかわりになるべくメタファーを用いて、パラフレーズを構造的に積み重ね、描写すべき物事の多くを別の何かに預けてしまう」(「村上春樹ロングインタビュー」「考える人」二〇一〇年夏号)、というように。しかしここでは、まだそのようにパラフレーズを重層化するというところまで行っておらず、その寓意するところが分かりやすい。『世界の終りとハードボイルド・ワンダーランド』の「世界の終り」に比べれば、ここでの壁に囲まれた街はその性格が分かりやすくなっている。

「君」によれば壁に囲まれた街では小さい頃に影は離され、壁の外に出されてしまうのだという。また門番によって影は弱くて暗い心だとされている。この街に入る時に影を切り離された「僕」に、「暗い心はいつか死ぬもの」であり、「影が死ねば、暗い想いも死ぬ。そして平穏がやってくるわ」と「君」は告げる。

一方、かつて「僕」が生きた現実世界は過剰な言葉と想いに満ちた街であり、人は影を引きずって歩いていた。それ故そこは「影の国」とも言われるのだが、いわば「僕」がいた現実世界の生は当然ながらここで否定されている。

ではこの壁に囲まれた街の方は具体的にどんな特徴を有しているのだろうか。

古ぼけた青いコートと擦り切れたセーターを着ている「君」が示すように、そこは質素な、静かに充足している世界である。(どのような理由でか)人々が影を失った時、軍隊が消え、工場は打ち捨てられ、官吏たちは職を失い、街を去った。そこでは私たちの現実世界における経済的活動や行政機能が可能な限り縮小された、欲望を拡大させることのない世界だと説明される。ただ、銘記すべきは、最初に引用した文にあるように、こうした世界を作ったのは、「君」だという点である。そこに強い寓意性の意思が感じられる。

現在の村上春樹なら抹消したいと思うような直截的な説明、寓意であろうが、影の果たす役割もここでは明快である。影は「僕」にこの街には実体がないのだと告げる。百六十三枚の中編小説だからということもあるが、展開もまた急である。街を出るという影の決断は直ちに下される。もちろん、プロットとしてはそうであっても、村上らしい魅力的な場面（＝遠回り）も用意されている。それは夢読みという「僕」の仕事に関わっている。

目をあけた時、部屋は不思議な光に満ちていた。それは信じがたい光景だった。部屋中の数千の古い夢が、あたかも互いに感応しあうかのようにその深い眠りから目覚め、無数の光とともに僕たちに向けてその永遠の想いを語り始めていたのだ。（22章）

図書館に保存されている古い夢はすべてをもぎ取られた空虚なもののはずだった。「僕」はそんな古い夢たちに導かれ、深い穴を降りて今日私たちの知る村上ワールドの兆しにも触れることになる。反対方向に行進し続けている首のない兵隊たち、死んだ数十匹の猫たち――『海辺のカフカ』を思わせる場面もあれば、『ねじまき鳥クロニクル』にあった次のような場面も来る。

まるで深い井戸の底に立ったようだった。天井は無限に高く、その奥の暗闇には、まるでピンで突いたほどの白い穴が開いていた。それは太陽の光だった。（同前）

ともあれ、「僕」は暗い心とされる古い夢の豊かさに打たれたのだといってよい。そんな夢が語る想いとあまりに長く一緒に過ごしてきた「僕」は、それがどんなに暗いものであっても図書館に置き去りして生きるわけにはいかない。「それを切り離した僕は、もう本当の僕じゃないんだ」との覚悟に至る。それは現前性を生きる私たちと同様の、「僕」が生きてきた現実世界の肯定を示す。

この覚悟は質素さ、純粋さを求めて十八歳の時に壁に囲まれた街を見つけ、そこで本当の自分を生きる決断をした「君」と対極に位置するものだった。現実世界を生きようとする『ノルウェイの森』の主人公と、純粋性とも幻想性とも呼べる世界で生きようとする直子との対比に等しいものである。

23章には今なお村上が若者たちを引きつけてやまない要因を見ることができる。青春期における喪失感という普遍的なテーマである。

そこでは「君に、……君の影に出会ったのは僕が十六歳の歳だった」と回顧される。想い続ける日々があり、やがて「僕の想いの中で君はなんだか僕にとっての生きることの象徴のようなものへと変わっていったんだ」。あるいは「僕はそんな夢の中で暮らしていたんだ」とも書かれる。知り合って二年後には「君」は猥雑さの溢れる、暗い心が支配する現実世界を去って、壁に囲まれた街に移ってしまう。青春期において多くの若者が経験する得たいものを得られない焦燥感、あるいは欠落感といった思いが「僕」には託されている。

同時に、この箇所はすでに現実世界を去ってしまった直子と、彼女への主人公の叶えられない思いが主軸となっていた『ノルウェイの森』における二人の関係性を示すものにほかならない。そして「影の国」（＝現実世界）で十六歳の「君」と出会った「僕」が、死んでしまっている十八歳の「君」に出会っているという時間軸の設定は、私たち読者が直子や『国境の南、太陽の西』の島本さんが幽霊のような存在ではないかと感受することの妥当性を裏づけてもいる。

「僕」は「君と二人で永遠にこの街に住みたい」との思いはあるものの、影と一緒に壁に囲まれた街を出るのだと「君」に告げる。そこからの脱出劇は明快な進み具合を見せる。25章以降では弱り切った影がそれでも頭脳は明晰で、街の特異性を指摘する。

　俺がこの街に来て、まず最初に感じたことはここはあまりに完璧すぎるってことだった。少なくとも見た目にはね……。（……）だから俺はこう考えた。この街は自然に出来上がったもんじゃない。何かしらの意志によって無理やり作り上げられたものだってね。（26章）

そして壁も完全じゃないと影は指摘し、凶暴さの目立つ獣を角笛を吹いて門へ誘導し、門番の注意を門の開閉に向けさせる作戦も立てる。凶暴さをあらわにする壁との対話も後年の村上特有のパラフレーズをまだ頻用していないため、あからさまな寓意性を露出する。

　飛び込みたいのなら、飛び込むがいい、と壁は言った。
　しかしお前たちの語っているものはただのただのことばだ。お前はそんな世界を逃れて、この街に来たのではないのか？
「そうかもしれない」と僕は言った。「ことばは不確かだ。ことばは逃げる。ことばは裏切る。そし

て、ことばは死ぬ。でも結局のところ、それが僕自身なんだ。それを変えることはできない」（27章傍点、ゴシック原文）

後年の村上春樹の謎に満ちた小説からすれば、なんと直截的だろうか。過剰な言葉と想いに満たされた現実世界は必然的に欲望が拡大することを特徴とする。一方、壁に囲まれた街は欲望が極力縮小された静謐な世界である。それを生み出している「君」は『ノルウェイの森』における直子であることは間違いない。ここにあるのは失われたものへの欠損の感覚だった。そのモチーフは確実に『ノルウェイの森』へと繋がったのである。

特別な作品としての『ノルウェイの森』

村上春樹は『ノルウェイの森』について「本来の自分のラインにはない小説があそこまで売れるというのは、けっこうストレスフルでした」（「村上春樹ロングインタビュー」）とまで言っていた。実生活の対人関係が大きく変わるということもあってストレスフルだったことは理解できる。しかし作家論を書く身としては、村上が二度と『ノルウェイの森』のような作品は書きたくないと言ったからといって、それを素直にそのまま受け取るわけにはいかない。

つまり、本人が「僕はそれほど強い思いをもってこの小説を書き始めたわけではない」（『村上春樹全作品 1979 —1989 ⑥』「自作を語る」）と書いていても額面通り受け止めるわけにはいかないということだ。強い内的な促しがあってテーマが呼び寄せられ、強い磁場が生まれるというタイプの作品は以後も書かれる。

まず、村上が「一〇〇％リアリズムの小説」という『ノルウェイの森』が、本人の意思に反してどのような性格を有する作品かを明らかにしたい。それは村上春樹という作家の文学的な特質がどの部分にあるかを明確にすることである。

村上は三十六歳の年に『世界の終りとハードボイルド・ワンダーランド』を出版した後、三十七歳となった一九八六年の末にギリシャのミコノス島で『ノルウェイの森』を書き始め、翌年の春にローマで書き終えている。当初、二百五十枚程度と考えていたこの小説は、次のような事情で千枚もの長編小説となった。

そうなったのは、書き進んでいく中で、「これをこのまま途中で放り出すことはできない」という思いが強くなったからだという。「僕はその物語に対する全面的な責任を負わされた」（同前）。

村上が書いていないことについて筆者はすでに『村上春樹とアメリカ　暴力性の由来』で詳述した。そのポイントは短編小説「螢」が『ノルウェイの森』になっていく過程で、フィッツジェラルドの『夜はやさし』の果たす役割が大きかったという点である。本人が語っている次のような事情と関係する。

（……）例えば緑なんていうのは全く出てこなかったし、だから、「螢」が終った時点からどう話を伸ばそうか、これは相当考えたんですよね。で、緑という女の子のことを思いついたところで話はどんどん進んでいっちゃった。だから直子という存在の対極にあるというか、対立する存在としての緑を出してきた時点で小説はもうできたようなものだった。

（「村上春樹大インタビュー『ノルウェイの森』の秘密」「文藝春秋」一九八九年四月号）

村上が『夜はやさし』を読んだのは二十一歳の時であり、大きな感銘を受けたはずである。それでなければ『ノルウェイの森』の「あとがき」にフィッツジェラルドの代表作であり、村上が高校生の頃から愛読した『グレート・ギャツビー』とならんで、『夜はやさし』を併記することはなかった。

その作品は若くして流行作家として名声を得たものの、妻ゼルダの気まぐれな行動やフィッツジェラルド自身の放縦な生活による経済的な逼迫から安っぽい短編小説を乱作していた時代を経て、文学的な達成を実現すべく挑んだ起死回生の力作となるはずだった。

フィッツジェラルドはこの作品において全体の構成、ストーリー展開、生を肯定的に捉える結末に向けての意思など、小説としての面白さとともに文学としての深さも提示したかった。最終盤に至ってやや尻切れトンボの様相を呈するものの、『グレート・ギャツビー』と比較しても人物像の変転は興味深いものだった。

本来フィッツジェラルドに備わっていた二つの資質――ロマンチストの部分とリアリストの部分――は、『グレート・ギャツビー』ではギャツビーと語り手であるニックの二人に分割されていた。ところが『夜はやさし』ではその二つの資質がディック・ダイヴァーという一人の精神科医において周囲の環境変化に伴う変遷として描かれる。

人物造形という点ではディックの妻ニコルについても、夫の変貌に見合う二重性と変容を見せる点で『グレート・ギャツビー』のデイズィよりも深みがあった。後者が単純に「アメリカの夢」のアレゴリーであったのに比べ、ニコルは豊かさの中に苦悩を秘め、そこから肯定的に生きる意志を示す点において深さを感じさせた。

ディックは勤務先のチューリヒの診療所で患者だった大富豪の二女ニコルと知り合い結婚するのだが、小説が緊張感を孕むのは、若く快活な女優ローズマリーの登場によってだった。そこからディックの崩落が始まるのだが、このローズマリーこそ『ノルウェイの森』における緑の原型だった。小説の成り行きではなく、その登場人物の配置において村上春樹は『夜はやさし』からヒントを得ている。

ただ小説の成り行きに関しては、『夜はやさし』が十分に描くところまではいっていないものの、ディックもニコルも回復して生の肯定性を明示していた。それに比べ、『ノルウェイの森』はひたすら欠落ばかりが印象に残る作品となっていた。

珍しく、テーマが明確であることを村上自身も隠そうとはしていない。

この小説の中では沢山の登場人物が次から次へと死んで消えていく。そういうのはあまりにも都合の良い話ではないかという批判も多く頂いた。でも弁解するのではないけれど、正直に言って物語がそれを僕に求めていたのである。本当に僕としてはそうする以外に方法を持たなかったのだ。そしてこの話は基本的にカジュアルティーズ（うまい訳語を持たない。戦闘員の減損とでも言うのか）についての話なのだ。それは僕のまわりで死んでいった、あるいは失われていったすくなからざるカジュアルティーズについての話であり、あるいは僕自身の中で死んで失われていったカジュアルティーズについての話である。僕がここで本当に描きたかったのは恋愛の姿ではなく、むしろそのカジュアルティーズの姿であり、そのカジュアルティーズのあとに残って存続していかなくてはならない人々の、あるいは物事の姿である。成長というのはそういうことなのだ。それは人々が孤独に戦い、傷つき、失われ、失い、そしてにもかかわらず生き延びていくことなのだ。

（『村上春樹全作品 1979 ―1989 ⑥』「自作を語る」傍点、原文）

長い引用になってしまったが、ここでは重要なことが言われている。まず『ノルウェイの森』が恋愛小説ではないことが明言されている。（本の帯に「一〇〇パーセントの恋愛小説」と書かれてしまったことについては村上が様々な場で弁解している。）さらにはテーマがカジュアルティーズなのだとも明言されている。カジュアルティーズというのは今日ではあまり耳にすることのない言葉だと思われるので少し説明をしておきたい。

第一章で明らかにしたように、村上の作品には映画や小説などから持ち込まれたものが多くあった。このカジュアルティーズという言葉もそのようなものの一つである。一九八九年公開のアメリカ映画『カジュアルティーズ』から取られている。『ノルウェイの森』が出版されたのは一九八七年だったが、一九九一年三月に発行された『村上春樹全作品 1979 ―1989 ⑥』の解説（「自作を語る」）でこの語を使ったのである。それは『ノルウェイの森』という作品を考える上では実に適切な言葉だった。

Casualty とは戦争の被害者、死傷者を意味する。同映画は当時『バック・トゥー・ザ・フューチャー』シリーズで人気のあったマイケル・J・フォックスがベトナム戦争映画に主演するということで話題となっていた。しかも監督はブライアン・デ・パルマであり、共演者がショーン・ペンだった。村上がこの映画を知らないはずはなく、カジュアルティーズという言葉はここから取られたと断言できる。映画では原題のCasualties of Warが示す通り「戦争の犠牲者」という意味合いだった。村上は先の引用文でカジュアルティーズを減損としているが、より作品に即して言えば欠損である。

村上の周りで死んでいった人間や離れていった人間を欠損と意識するだけでなく、村上自身の中で欠落したものについての小説だとされているのである。さらには、筆者にはまだ村上がそれを実践したとは思えないが、そうした欠損を抱えてその後を生きてゆく姿を描きたいのだともされている。

欠損がテーマだという『ノルウェイの森』は、自分にはテーマはない、スポンテニアスに出てくる物語を語るだけだという村上の発言とは異なるものである。

村上自身、次のようにも発言している。

本を書き始めるとき、僕の頭の中には何のプランもありません。ただ物語がやってくるのをじっと待ち受けているだけです。それがどのような物語であるのか、そこで何が起ころうとしてるのか、僕が意図して選択するようなことはありません。『ノルウェイの森』の場合は別です。そのときは一貫してリアリズムの手法で書こうと心を決めていたから、ちょっと違う書き方をしました。でも基本的には、僕はとくに何かを決めて小説を書くわけではない。やってくるものをそのまま文章化するだけです。

（「The Paris Review」二〇〇四年）

発言の前段に関しては、言うまでもないだろう。そこでは例によって自分の小説はスポンテニアスに生まれてくるのだとしている。ただ、『ノルウェイの森』だけは違うと言っている。ここでのリアリズム云々との説明は無視したほうが良い。村上自身が自分のリアリズム観は他の人が考えるリアリズムとは異なるようだと述べているからである。

そのリアリズム観とは次のようなものだった。

（……）僕の考えるリアリズムというのは、まず簡易（コンヴェンショナルということではなくシンプル）でスピードがあること。文章は筋の流れを阻害せず、読者にそれほど多くの物理的・心理的要求をしないこと。感情というものはなるべく自立させず、あまり関係のないものにうまく付託すること。それが僕の設定した『ノルウェイの森』における文章的アクセスの概要であった。

（『村上春樹全作品 1979 ─1989 ⑥』「自作を語る」）

おそらく村上作品では、平易な文章でテンポよく進む、スピード感があるとほとんどの読者が感じるのではないだろうか。感情を自立させず、関係のないものに付託する、つまりメタファーを多用するというのも村上作品の特徴である。それは『ノルウェイの森』の特質と言うよりは、むしろ村上春樹という作家の作品全般の特徴を言っているに過ぎない。ただし、ここで語っていたことは、その後『海辺のカフカ』で極端なところまで行ってしまう。多くの人が狐につつまれたように感じたであろう「遠隔的な父殺しみたいなことも、むしろ僕の考える世界にあっては自然主義リアリズムなんです」（「『海辺のカフカ』を中心に」「文學界」二〇〇三年四月号）との発言である。

村上が言うリアリズムということに惑わされずに『ノルウェイの森』の特異性を自由に思考するならば、次のようになる。

村上がことさらリアリズムと言い立てるのは、むしろスポンテニアスに物語が進行するのではなく、先に触れた欠損をめぐって自身に強いモチーフ（＝促し）が生まれ、それを実現するテーマが明確に意識されたからではないかというのが筆者の推測である。ここでいうモチーフ、強い促しは作家が生きた現実の場面からしか掴まれない。文学とはそのように生まれると確信する人は少なくないだろう。

モチーフによって掴まれたテーマが明確に意識されたというのは、そのテーマが執筆中ずっと作家の頭を占めていたということを意味する。これは物語を意識する村上にとっては異質の事態だろう。逆に言えば、それほど欠損ということが村上春樹という作家の人生にとっては深い意味を有したということである。それこそ私たちが感じるリアリズムというものではないのか。

考えてみれば、すでに源流たる「街と、その不確かな壁」が「君」の欠損をモチーフとしており、それにふさわしい表現（＝寓意）として「君」が生み出した壁に囲まれた街という設定が生まれたのだった。現在の村上からすればあまりに分かりやすい寓意であり、自ら「裏がすけてみえる」と表現している。「書くべき題材が書くという行為に先行してしまったいちばん悪い例」だとも述べている。（「物語のための冒険」村上春樹・川本三郎「文學界」一九八五年八月号）

自由に物語がスポンテニアスに生まれるというよりも、現実生活を生きる中で、リアルな形で、強く感情を揺さぶられるような想いによってモチーフが育ち、作家を創作へと駆り立てる。そこでは何も虚構を排せということが主張されるわけではない。かつて山田詠美が述べた「内面のノンフィクション」ということで十分なのだ。内面的にということも含めて、リアリズムというのはそのように現実と強く紐帯が認められるような小説を指すことになる。村上自身は認めないであろうが。

『ノルウェイの森』が書かれるまでに、すでに処女作『風の歌を聴け』において自殺する女子大生に言及がなされ、『1973年のピンボール』でははっきり直子という名前で過ぎた話としてその自殺までが書かれていた。実生活において村上の周辺で若くして亡くなる人間が少なからずいたとは村上自身も述べている。どの程度の関わりなのかは不明だが――将来の優れた評伝作家の出現を待つほかない――、少なくとも、そのような若死にした人間をきっかけとして、作中で直子と呼ばれる女性の欠損に強いこだわりを村上が抱き続けたことは確かであろう。

村上にとって欠損は強いモチーフであると同時に、にもかかわらず人はそれをどう補完して生きていけるのかというテーマを呼び寄せるものでもあった。先の引用文にあったカジュアルティーズにもかかわらずそのあとに残って生き続ける人間の物語とはそのような意味である。

もちろん、欠損は主人公のみにあったわけではない。自身の姉や恋人キズキを自殺で失った直子も欠損を抱えて生きる人間だった。ただ、彼女の場合は純粋性に惹かれるように阿美寮から死の世界に移ってしまった。

すでに述べたように、阿美寮は「街と、その不確かな壁」の「君」が作り上げた壁に囲まれた街に近似している。そこは「(現実世界での) 歪みを認めて受け入れることができない」症状を呈する人間が回復するための施設である。「ここにいる限り私たちは他人を苦しめなくてすむし、他人から苦しめられなくてすみます」(『ノルウェイの森』第五章)と直子が語る阿美寮は、まさに「街と、その不確かな壁」で「君」が作り出した壁に囲まれた街という純粋性の世界そのものである。私たちが現実世界の日常生活で出くわす様々な猥雑さから壁で隔たれた空間である。

欠損を抱えたまま生きようとする人間をテーマとする『ノルウェイの森』は、作品中に強い磁場が生まれていた。そして直子とは対照的に、清濁含めた現実世界を生き抜く決意を露骨に示す永沢、『夜はやさし』の立ち直って生きる後半生のニコルに似せたレイコさん、快活なローズマリーにヒントを得た緑といった登場人物によって小説は大きな広がりを獲得していった。

ところで、『ノルウェイの森』を読み終えた私たちは不吉な感情に捉われないだろうか。緑に関してのことである。

小説は三十七歳の「僕」がハンブルク空港に着陸寸前の飛行機内で十八年前を回想するところから始まる。そこではひたすら直子のことだけが思い出されている。緑のことはまったく想起されない。いや、小説の最後においてすら緑のことなど眼中にないかのように書かれている。当然ながら、私たちは「僕」が緑と幸せな結婚生活を送っているとは信じられない。なぜなら、そうならざるを得ないようなことを村上は永沢に言わせているからだ。

永沢は自身と「僕」(ワタナベ)の特性について、「俺とワタナベの似ているところはね、自分のことを他人に理解してほしいと思っていないところなんだ」と述べ、さらに「親切でやさしい男だけど、心の底から誰かを愛することはできない」(第八章)とまで断言する。このように造形されている「僕」と緑がどうなるかは容易く想像することができる。

『ねじまき鳥クロニクル』から分離されたものと、残されたもの

村上自らが明かしているが、『国境の南、太陽の西』は『ねじまき鳥クロニクル』冒頭の一章を含む「三つばかりの章」を分離して生まれたものだった。これは『村上春樹全作品 1990―2000②』所収の「解題」で述べていることだが、「メイキング・オブ・『ねじまき鳥クロニクル』」（一九九五年）ではそこから「抜いてしまった四つの章を中心にした別の話」だと語り、「週刊文春」一九九二年十二月十日号のインタビューでは二つの章が馴染まなくて分離したと語っている。

当初、書き上げた『ねじまき鳥クロニクル』はあまりに多くの要素が含まれており、その一部をまったく別の小説として完成させた方がいいのではないかとの結論に達した。『国境の南、太陽の西』を書き上げてから『ねじまき鳥クロニクル』は再度チャレンジすればいいということになった。この間の事情を村上は先の『村上春樹全作品 1990―2000②』の「解題」で詳述している。

そしてそこでは、人によっては奇妙に響く文章が来る。「だから『ねじまき鳥クロニクル』の冒頭でかかってくる正体不明の電話は、基本的にはイズミからかかってきた電話だということになる。つまり現実の空気の中に唐突に切り込んでくる過去の響きである」と村上は書く。もちろん、ここでイズミというのは『国境の南、太陽の西』に登場する、主人公がひどく傷つけてしまう高校時代の恋人の名前である。

村上はここで何を言っているのだろうか。『ねじまき鳥クロニクル』の冒頭で電話をかけてくる謎の女とは第2部の最後で明らかにされたように妻クミコだったはずではないか。どう理解すればいいのか。『国境の南、太陽の西』に垣間見える強いモチーフと関わることなので、少し筆者の推測も交えて考察

をしておきたい。話はそもそもの始まりである一九八六年発表の短編小説「ねじまき鳥と火曜日の女たち」（短編集『パン屋再襲撃』所収）にまで遡る。

主人公が台所に立ってスパゲティーを茹でているところへ謎の女から電話がかかってくる。この村上がお気に入りの場面から短編も長編も始まるのだが、謎の女が話すことには微妙な違いがある。しかしその違いは、本来その電話はイズミからかかってきたものだったということの裏付けとなり得るものだった。なぜなら短編では、「でも私、あなたのことが好きだったのよ。昔の話だけど」と謎の女は言う。つまり過去がキーポイントとなっている。それは紛れもなく遠い過去（高校時代）の恋人を想起させていたのである。

長編ではそれほど過去にこだわる書き方はされていない。第2部の終わりに妻のクミコだと明かされるのだから当然である。短編で繰り返される「頭の中のどこかに致命的な死角がある」という趣旨の表現は長編でも第2部の最後に出てくるが、それは一瞬のうちに謎の女が妻であることに気づく契機としてである。電話をかけてくる謎の女がイズミであるとすれば、『国境の南、太陽の西』においてストーリーラインを形成するのが欠損としての島本さんであるとしても、作品全体の底に流れるモチーフはイズミによっても支えられていると見るべきである。

『国境の南、太陽の西』の第1章は小学校五年生の時に転校してきた島本さんのことにページは費やされている。そして第2章ではイズミと付き合う高校時代のことが書かれており、すでに第2章の終わりにイズミを将来傷つけるであろうことを村上は書きつけている。

でもそのときの僕にはわかっていなかったのだ。自分がいつか誰かを、とりかえしがつかないくらい深く傷つけるかもしれないということが。人間というのはある場合には、その人間が存在しているというだけで誰かを傷つけてしまうことになるのだ。

（『国境の南、太陽の西』第2章）

『ノルウェイの森』にあった欠損を抱えて生きることが強いモチーフとなるように、ここでは他人を取り返しがつかないくらい「深く傷つける」ことがあり得るという怖れがモチーフとして感じられる。つまり、本来『ねじまき鳥クロニクル』において登場するはずだったイズミはそこから切り離されたと考えることができる。島本さんもまた当然、第1章に登場するはずだったのに『ねじまき鳥クロニクル』から切り離された。

ではそれぞれの主人公の妻であるクミコと有紀子はどのような関係にあるのだろうか。

『国境の南、太陽の西』においてはかつての他人と孤絶して生きるデタッチメントから、最終的にコミットメントを妻との間に確立しようとする主人公の意志が明確にされていた。他者としての有紀子が主人公に突きつけられ、『ダンス・ダンス・ダンス』までの主人公には考えられなかった日常性を生きる意志が最後に生まれている。これを私たちは村上春樹の転換と見ることができた。

一方で、有紀子が担う役割を『ねじまき鳥クロニクル』のクミコが果たすことは可能だったのだろうか。おそらくそれは不可能である。

なぜなら、三十七歳になった時には底のない暗い世界を瞳に潜めていた、幽霊とも感じられる島本さんが『ねじまき鳥クロニクル』から分離されたことで、その作品での役割をクミコが引き受けることになってしまったからだ。クミコは残されたことで主人公の妻という役割と、異空間に生きる島本さんに可能だった形――二〇八号室の暗闇に潜む謎の女――の二つをともに担わされることになってしまったのである。それは無理な設定である。

以上の点は、短編と比較してみるとさらに分かりやすい。

短編「ねじまき鳥と火曜日の女たち」でも主人公の妻に謎めいた部分がなかったわけではない。消えた猫はどこかで死んじゃっていて、それは主人公のせいだと妻は責めたてる。そんな妻に対して主人公は、長編にはない感慨を洩らす。「僕は彼女がひどく気の毒に思えた。彼女は間違った場所に置き去りにされたのだ。もっと別の場所に居れば、あるいは彼女はもっと幸せになれたかもしれないのだ」（「ねじまき鳥と火曜日の女たち」）、と。

「ねじまき鳥と火曜日の女たち」は謎の女が過去に傷つけられたイズミであり、それとはまったく別人格の働く女性でもある主人公の妻の理解し難い哀しみが仄めかされることで短編としての緊張感、あるいはまとまりがあった。一方で、『ねじまき鳥クロニクル』の主人公の妻クミコには第2巻になって判明する異空間に住む闇の部分からすれば無理な場面が付加されている。

第1部2章にある、主人公が買ってきた花柄のついたトイレットペーパーと青いティッシュペーパーにクミコが厳しくクレームをつける場面は、日常世界を生きる『国境の南、太陽の西』の有紀子にこそふさわしい日常茶飯事へのこだわりだった。

クミコはさらに続けて、「あなたは私と一緒に暮らしていても、本当は私のことなんかほとんど気に留めてもいなかったんじゃないの？　あなたは自分のことだけを考えて生きていたのよ、きっと」とまで言い放つ。しかし、こうした科白は有紀子の方に移管されるべきものだった。

クミコが主人公の嗅いだことのない香水をつけ、クリーニング店からワンピースを自分でピックアップして姿を消してしまうことや、情事の相手がいたことまでは小説内の現実世界での出来事なのだが、そこから第2部で数えきれぬ男との性交を経験し、自分でもそれが抑えきれないと手紙で告白するあたりでは、まさに異界の謎の女に変身していると言って良い。第3部までを通しても、決して主人公の前に姿を現さないクミコは多くの論者が触れているように、死後、黄泉の国に住まうことになったイザナミのような異形のものになっているとも読める。

有効に分離されたイズミと島本さんに比べ、『ねじまき鳥クロニクル』に残されたクミコは過重な役割を担わされることになった。しかし、おそらくはそれは村上にとって望むところであったかもしれない。やがて『海辺のカフカ』を可能とするような幻想性の世界の手応えを確実に感じたであろうから。

『国境の南、太陽の西』に底流するもの

この作品での中心となるストーリーラインは言うまでもなく島本さんをめぐる出来事である。彼女は『ノルウェイの森』の直子と同じように自ら欠損を抱え、主人公にも欠損の感覚を強いるような存在として登場している。直子は姉やキヅキを失うことで、島本さんは生後一日しか生きなかった赤ん坊を亡くしたことでそれぞれ補完できないような欠損を抱えていた。

村上はこの作品について、「僕がその時に抱いていたいろんな思いを、あそこに放り込みたかった。僕にとって、あの小説（『国境の南、太陽の西』）はほかの小説とはスタンスが違うんですよ。だから、個人

的にはあの小説が好きなんです」(「メイキング・オブ・『ねじまき鳥クロニクル』」)と語っている。ここで村上ははしなくも、『国境の南、太陽の西』が『ノルウェイの森』に近い出自の作品だと認めているのである。

以下の明言がそれを示す。

ルサンチマンというと言葉が古いけど、自分の人生の中で、残っている情景というのがあるでしょう。ありありと残っている情景って。脈絡はないけれど、その幾つかの情景を組み合わせてフィクショナイズしたのが、あの小説(『国境の南、太陽の西』)みたいな気がする。(同前)

基本にあるのは先に述べた、高校時代に恋人をひどく傷つけてしまうというモチーフであり、小学生時代に女生徒にいきなり手を握られるという村上の実体験である。少なくとも『海辺のカフカ』以降の作品で強調されるスポンテニアスに非現実的な場面が次々に出されるという作風とは出自が異なっている。もちろん『国境の南、太陽の西』に放り込みたい先の「思い」の中には次のような側面もあったとは思える。それは島本さんに様々な謎を付加できたことである。もっとはっきり言えば、村上が愛読する上田秋成の『雨月物語』に近い空気を作中に導入できた。つまり、同作中の「菊花の約」や「浅茅が宿」のように、義兄弟との約束を果たすため亡霊となって友のもとを訪ねたり、京へ商いに出かけたまま帰らぬ夫を待った妻が亡霊として帰還した夫を迎えたりと、目的を果たすためには異界に移った人間が現実世界に姿を現すのが通用する作品世界を村上は実現したのである。小説内の現実世界と幻想世界の混淆という点では村上の理想とする物語世界である。

さて、島本さんをめぐるストーリーラインである。

街で見かけた島本さんらしき女性を追っていると、突然、見知らぬ男に喫茶店に連れ込まれ、今日見たことはすべて忘れろと十万円入りの封筒を渡される。島本さんがどのような形で妊娠したのか、どんな仕事をし、生活しているのかすべてが謎である。親との縁も切れてしまっている。

主人公が「どこか遠くに行っていたの?」と問いかけると、島本さんは言いかけて黙り込んでしまい、主人公が経営するバーに来ない時は「私は余所にいるの」と答えている。そして別荘での性交の最中、主人公は島本さんの赤ん坊の灰を石川県の川に流しに行ったときのことをまざまざと思い返す。

島本さんの気分が悪くなり、ボーリング場の駐車場に車を停めていた際のことである。主人公はそのときの彼女の瞳の奥に見たものをはっきりと覚えていた。「その瞳の奥にあったものは、地底の氷河のように硬く凍りついた暗黒の空間だったのだ」。さらには、「それは僕が生まれて初めて目にした死の光景だった」と明言される。

(……)彼女は相変わらずあの奇妙なすきま風のような音のする息を続けていた。その規則的な息づかいは、彼女がまだこちらの世界にいることを僕に教えていた。でもその瞳の奥にあるのは、すべてが死に絶えたあちら側の世界だった。

彼女の瞳の中のその暗黒をじっと覗き込みながら、島本さんの名前を呼んでいるうちに、僕はだんだん、自分の体がそこに引きずり込まれていくような感覚に襲われた。まるで真空の空間がまわりの空気を吸い込むように、その世界は僕の体を引き寄せていた。僕はその力の存在を今でも思い出すことができた。そのとき、彼らは僕をもまた求めていたのだ。
（『国境の南、太陽の西』14章）

島本さんは小説内の現実世界に実在するのか、あるいは主人公が「紡ぎだす精緻な幻想に過ぎない」（『村上春樹全作品1990—2000②』「解題」）のかは読者が判断することだと村上は言っている（ただし、雑誌「新潮」一九九五年十一月号掲載の「メイキング・オブ・『ねじまき鳥クロニクル』」で村上は「島本さんという怨霊的な存在」という表現をしている）。ここでは小説の技法的なことで言えば、前章で述べた幻視から幻想世界への移行直前の場にいる、と見ることもできる。『海辺のカフカ』に至る試行期間だと言っても良い。それは村上が『国境の南、太陽の西』を書きながらずっと上田秋成の『雨月物語』のことを考えていたと語っていることからも明らかである（同前）。

島本さんが幽霊の可能性があるとしても、『ノルウェイの森』の直子につながる存在であることも確かだった。彼女の抱える欠損も直子と同じだった。そして、それぞれの作品の主人公が彼女たちによってしか一時的に自らの欠損を補完できないと感じていたことも同じである。系譜が同じだというのは第一にはそうした類似による。

しかし『国境の南、太陽の西』の主人公は、島本さんが失われたことで妻有紀子の他者性と向き合うことが新たな展開となっている。

主人公は島本さんから「あなたは奥さんも娘さんたちのことも愛しているんでしょう?」と問われ、自分は彼女たちのことを愛しているけれども、「それだけでは足りないんだ」とも言う。自分の人生には「何かがぽっかりと欠けている」のであり、これを満たすことができるのは島本さんだけだと告げるのである（第14章）。

欠損を補完できるのは直子や島本さんだけであるというのは同じだが、そうした主人公の思いに対抗できるのは『ノルウェイの森』で緑だったが、その他者性の重さとしては『国境の南、太陽の西』の有紀子の方が圧倒的である。それはすでに結婚していることと、二人の娘を有していることによる。

主人公に好きな人間がいることを感じていた有紀子は自らの口で、「何度も本当に死のうと思った」と告げる。それくらい孤独で寂しかった彼女は、子供のことさえ考えもしなかった。「そのことについて、あなたは本当に真剣には考えなかったでしょう。私が何を感じて、何を思って、何をしようとしてたかということについて」。彼女は私たちが現実世界で負わされた現前性を生きる姿を口にしているに過ぎない。浮き彫りになるのは、そんな現実に無頓着な主人公の姿ということになる。

さらに主人公にとって有紀子の他者性がはっきりするのは、次のような彼女の発言である。

「私にも昔は夢のようなものがあったし、幻想のようなものもあったの。どこかでそういうものは消えてしまった。あなたと出会う前のことよ。私はそういうものを殺してしまったの。たぶん自分の意志で殺して、捨ててしまったのね。（……）私はあなたと暮らしていて、ずっと幸せだった。不満と呼べるほどのものもなかったし、それ以上欲しいものもとくになかった。でもね、それにもかかわらず、何かがいつも私のあとを追いかけてくるの。（……）何かに追われているのはあなただけではないのよ。何かを捨てたり、何かを失ったりしているのはあなただけじゃないのよ。私の言っていることはわかる？」

（『国境の南、太陽の西』15章）

この引用文に関して、筆者は『村上春樹、転換する』（一九九七年）において次のように指摘した。かつて『風の歌を聴け』において、「あんたなんか最低よ」と言い放つ女の子に軽い他者性を見ることはできたし、村上が「僕」の分身だとする鼠を、「僕」を対象化する批評点と見ることもできた。しかし今、村上はもっと切実な、日常性を共有すべき他者として有紀子を描いているのである。

ただ、こうした有紀子のあり方はおそらくティム・オブライエンの『ニュークリア・エイジ』から取られている。少なくともシーク・アンド・ファインドという形式で失踪した妻を探す話だと当初構想していた『ねじまき鳥クロニクル』には皆無だった要素である。「見えないはずのものまで見えた」オブライエンの小説の主人公は、それが故に現実世界で奇矯な行動を取ってきた。しかし彼は自分の妻について見えない部分、彼の介入し難い部分があったことを思い知らされる。彼の妻は突然ペッサリを持って二週間も家を出てしまう。彼はその理不尽な行為を詰るのだが、血の通った人間、「私は夢ではないからよ」、「私は現実なのよ」――だからあなたの思いもよらないことだってするのよ――という妻の言葉の前に彼は無力だった。

このように他者性を妻が主人公に突きつける場面は、村上の小説にあってここでしか有効となっていない。『ねじまき鳥クロニクル』の第1部では花柄のついたトイレットペーパーや青いティッシュペーパーは嫌いだという些事を通じて妻クミコの他者性が垣間見えるものの、すでに述べたように他者性としての妻の役割は『国境の南、太陽の西』の有紀子に分離されており、その後クミコは異界の住人としてしか作品中には姿を見せない。

こうした他者としての妻が描かれることはそのまま『ニュークリア・エイジ』から剽窃されたものであり、その後、このテーマを村上が正面から取り組むことはなくなる。自殺する直子と同様に強く作品の基底音として、モチーフとしてその後も継続されるのはむしろイズミの方である。

いま述べてきたように、島本さんによってその欠損を補完しようとする主人公の試みは、有紀子の他者性によって挫かれてしまうのだが、そうなることを裏から支えているのがイズミの存在に他ならない。

イズミが登場するのは第2章から4章までである。高校時代に主人公はイズミと付き合うのだが、そこで彼の性欲は満たされることがなかった。それでも付き合いは継続されていたのだが、すでに触れたように第2章の最後には「自分がいつか誰かを、取り返しがつかないくらい深く傷つけるかもしれない」と主人公は自覚している。

第3章では、やがてイズミが抱え込むことになる欠損を主人公はどうするつもりなのかと詰問されている。それは高校卒業後、主人公は東京の大学に行くだろうが、イズミは関西に残って大学に行く。「私たちはこれからいったいどうなるの？　あなたは私をいったいどうするつもりなの？」――この状況は村上自身が高校卒業時にいたガールフレンドとの間に抱えていたのと同じものであろう。（本人の発言はあるものの、その詳細は直子の場合と同様、有能な評伝作家の出現を待つほかない。）

もちろん、ここでの村上の意図はイズミの欠損のことよりも、主人公がどれだけひどく人を傷つけてしまったかの方にある。「誰かに対して心を開くということに馴れていなかった」主人公は、「本当の意味では彼女（イズミ）を受け入れてはいなかった」。だからこそ、主人公はイズミの京都に住む従姉と知り合い、愛し合っているわけでもなく、ただ性交するためだけに何度も何度も逢瀬を重ねることができた。ひどいことに、「僕の中には君（イズミ）を裏切ったというやましささえほとんどないんだ」、とされる。

主人公と従姉との関係はイズミに知られることとなり、「もちろん僕はイズミを損なったのと同時に、自分自身を損なうことになった」と村上は書く。ここで生まれるのは欠損が強い促しとなっていた『ノルウェイの森』とは異なる、もう一つのモチーフである。

それは主人公の自覚として、次のように書かれる。

（……）その体験から僕が体得したのは、たったひとつの基本的な事実でしかなかった。僕という人間が究極的には悪をなし得る人間であるという事実だった。僕は誰かに対して悪をなそうと考えたようなことは一度もなかった。でも動機や思いがどうであれ、僕は必要に応じて身勝手になり、残酷になることができた。僕は本当に大事にしなくてはいけないはずの相手さえも、もっともらしい理由をつけて、とりかえしがつかないくらい決定的に傷つけてしまうことのできる人間だった。

（『国境の南、太陽の西』４章）

私たちはすでに「中国行きのスロウ・ボート」において、不注意からひどく中国人留学生の女性を傷つけてしまう場面を村上から差し出されている。引用文ではほんの小さなミスからというのではない、ただ自分らしく生きることが人を傷つけることがあるのだという普遍的な事実に私たちは出会っている。

イズミはこの小説ではその後、直接主人公と対面することはないが、小説の底流として不気味に作品を支配することになる。

主人公は大学を出ると教科書を編集・出版する会社に就職するのだが、結婚した有紀子の父親の援助もあってバーを経営することになる。その上品なバーが雑誌に紹介されたことがきっかけで、物語は大きく動き出す。言うまでもなく、その記事を見て島本さんが訪ねてきたからであるが、イズミの消息も明らかになる。メインのストーリーラインと、伏流水のように作品を底から支えるような違いはあるのだが。

雑誌の写真を見て高校の同級生が訪ねてくるのだが、その前に主人公はイズミからと思える不気味な会葬御礼のハガキを実家に受け取っている。それはあのイズミの従姉が亡くなったとの知らせなのだが、そこには未だに消えていない主人公と従姉に対するイズミの恨みが感じられた。

そのイズミと出会ったことがあるという同級生が残酷な事実を主人公に告げる。マンションに住む彼女は誰とも口をきかず、子供たちが怖がる存在になっていた。当時の主人公とイズミの仲を知る同級生はそれ以上彼女の詳細には触れようとしない。この第7章から感受される残響は小説の最終章で再度噴き出してくる。

赤信号で停車しているタクシーの後部座席の窓にイズミの顔を主人公は見る。一メートルほどの距離で見る彼女の顔は、表情らしきものが一切剥ぎ取られた空白の顔だった。主人公にはそうした顔にしたのが自分だと痛いほど分かっていた。「彼女はいつもどこかで僕のことを待っていたのだ」。

主人公は島本さんが消えたことで自らの欠損を補完できないことに苦悩する。しかし、イズミもまた主人公がもたらした欠損を埋めることができず、その表情を失ってしまっていた。自分の欠落ばかりが頭にあって、その欠損を補完しようとして足掻く主人公の姿が独りよがりのものだということは、すでに引用した有紀子が他者性をあらわにすることで明らかになっていた。

『ダンス・ダンス・ダンス』で示されていた誰かが主人公のために泣いているとのフレーズは、この作品に至ってまったく様相を違えてきた。デタッチメントで生きる村上作品の主人公は、ここで明らかに日常生活においてコミットメントするような生き方を強いられたのだということができる。主人公の生き方における明らかな転換がこの『国境の南、太陽の西』では見られたのである。

同じモチーフの短編小説①『女のいない男たち』

本章を「『ノルウェイの森』の系譜」としているのは明確なモチーフ（＝促し）によってテーマが引き寄せられ、強い磁場が生まれていることに注目するが故にだった。スポンテニアスに湧出する物語の流れに任せるという村上の通常の長編小説の書き方とは明らかに違っていたからだった。

源流を「街と、その不確かな壁」にまで遡行することで明らかになったのは、若者を早い時期に襲う純粋性への拘泥がその原点にあったということだった。それをベースとして『ノルエウェイの森』における欠損を補完するモチーフと、『国境の南、太陽の西』における自分が他人をひどく傷つけてしまうことがあるのだというモチーフが読み取れた。

後者のモチーフは、実は『ノルウェイの森』にもわずかだが姿を見せていた。直子が死んだ後、第十一章で絶望的な気分で旅に出ていた際のことだ。

一人、浜辺の廃船の陰で寝袋にくるまって泣いていると若い漁師が心配してタバコを勧めてくれ、酒や寿司まで持ってきてくれる。そうした親切さに触れ、高校時代に初めて寝たガールフレンドのことを思い出す。「そして自分が彼女に対してどれほどひどいことをしてしまったかを思って、どうしようもなく冷えびえとした気持ちになった」。

二つのモチーフはいわば双子のように、村上が小説を書く限り、おそらくは自らの意思に反して、時として顔を出すものだと思われる。例えば、短編小説ながら、ほぼ『ノルウェイの森』と同型の構図を持つ「イエスタデイ」（『女のいない男たち』所収　二〇一四年）という作品である。時間的には凝縮された「僕」の大学時代の話が中心である。

「僕」は大学二年生の時、バイト先の喫茶店で木樽という同年齢の浪人生と知り合う。木樽はビートルズの「イエスタデイ」に関西弁の日本語歌詞をつけて歌うのだが、純粋の東京人だった。関西から東京に出てきた「僕」に付き合っている女性がいないことを聞き、木樽は奇妙な提案をしてくる。小学校時代からの幼馴染の自分のガールフレンドと付き合ってみないかというのである。

ここで「僕」、木樽、彼のガールフレンド栗谷えりかの三人の関係が『ノルウェイの森』の「僕」、キズキ、直子の関係と相似することになる。特に「僕」から見る二人の男女の関係は同質と言ってよい。そこに「僕」が絡むのだが、それは俗にいう「三角関係」とはまったく別種の三人関係である。

木樽の提案を受け、「僕」は栗谷えりかとデートをする。えりかからは木樽がキス以上の性的関係を求めてこないのはなぜかと問われる。作品間のズレということで言えば、えりかの率直な思いは『ノルウェイの森』と補完し合うものとなる。

えりかは言うのだ。

「私はアキくん（木樽）のことが心から好きだし、彼に対するような深く自然な気持ちを、他の誰に対してもおそらく持つことができないと思う。（……）私の心の中には彼のためにとってある部分があるの。でも、それと同時に、なんというのかな、私の中にはもっと違う何かを見つけてみたい、もっと多くのものごとと触れあってみたいという、強い思いもあるわけ。好奇心というか、可能性というか、それもまたとても自然なもので、抑えようとしても抑えきれないものなの」

（「イエスタデイ」）

後半のえりかの思いは、『色彩を持たない多崎つくると、彼の巡礼の年』におけるつくるの恋人沙羅の迷いの正体を示しており、さらには木樽の性的関心の稀薄さはつくるの友人アカによって私たちは理解できる。この二つの点は作品間のズレ、もしくは対比で明らかになる典型的な事例である。

それはともかく、えりかの後半の思いは、すでにその時点で彼女がテニス同好会の一年先輩と付き合っており、「僕」とのデート後にその先輩とはセックスもしていたと十六年後の再会時に知らされることで、きつい緊張感の伴うものだったことが明らかになる。そして二人は木樽が勘の鋭い男だったと感じていたことで一致しており、彼が二人の前から姿を消したことの理由となる。

えりかは『ノルウェイの森』の直子と違って、たくましく現前性を生きることに執着した。キズキが自殺したのはなぜだったかも作品間のズレで理解できる。男性にしか興味を持てないアカがいて、性的関心の稀薄な木樽がいて、高校時代にすでに自殺したキズキがいる。直子の怯えがあったにしろ――それが何かは『国境の南、太陽の西』のイズミが示していた――キズキの性的関心がどのようなものであったかまで、作品間のズレによって推測はできる。

「イエスタデイ」はそうした三人関係を再現するだけでなく、ここでも自分が他人をひどく傷つけてしまうことがあるというモチーフが認められる。

木樽と付き合い始めた頃、「僕」は高校時代のガールフレンドのことを訊かれる。「具体的にどのへんまでやらせてくれた?」という露骨な問いである。「その話はしたくない」と答える「僕」にとって、それは「思い出したくないことのひとつ」だった。しかし、それは木樽にとっても――露悪的でありながらも、実は純粋かつ繊細で、セラピーにも通っている彼にとっても――触れたくはないことだと後に知れる。

えりかとのデートをした翌日、「僕」は木樽にデートの様子を詳しく訊かれる。その二週間後、木樽は喫茶店のアルバイトを辞め、「僕」に何の連絡もなく消えてしまう。その間にえりかの変異に木樽が気付き、事態が急変したことが明らかになるのは十六年後の「僕」とえりかの再会によってだった。ただ、「僕」は木樽が消えたことで次のような思いに駆られる。そこにイズミの影を見るのはごく自然なことである。

　そんな出来事があってしばらくして、僕はなぜか別れたガールフレンドのことをよく考えるようになった。たぶん木樽と栗谷えりかを見ていて、何かしら感じるところがあったのだろう。あるとき彼女に長い手紙を書き、申し訳ないことをしたと思うと詫びた。僕は彼女に対してもっと優しくなることもできたのだ。でもその手紙に対する返事はこなかった。（同前）

ここに激しくイズミの影を見るのは村上春樹という作家の作品を多く読んでいる者の特権であろう。作品間のズレ、対比によって、より広く、深く村上作品の本質に迫ることができる。

村上が抱くモチーフは短編集『女のいない男たち』に収録された書き下ろしの、同名タイトルの短編においても直接書かれている。

発端は真夜中の一時にかかってきた男からの電話である。その男の妻が死んだという知らせである。しかも自殺だという。例によってさまざまな謎は解決されない。確かにかつて「僕」が付き合っていた女性だけれども、別れてからは一度も会ってないし、電話で話してもいない。誰と結婚したかも知らない、それなのになぜ夫は「僕」のところへ電話してきたのか？　彼女が「僕」のことを話したのか？　なぜ女性が自殺したのか？

メタファーが散在する文章の中に、村上文学に底流する感性のあり方が現れる。その部分は、「女のいない男たちになるのはとても簡単なことだ。一人の女性を深く愛し、それから彼女がどこかに去ってしまえばいいのだ」という文章で始まる。村上がどれほど意識しているかは不明だが、女と男は入れ替え可能である。『国境の南、太陽の西』のイズミのことを思い出せば簡単なことだ。それを念頭に次の文章は読まれるべきであろう。

（……）そしてひとたび女のいない男たちになってしまえば、その孤独の色はあなたの身体に深く染み込んでいく。淡い色合いの絨毯にこぼれた赤ワインの染みのように。（……）時間とともに色は多少褪せるかもしれないが、その染みはおそらくあなたが息を引き取るまで、そこにあくまで染みとして留まっているだろう。それは染みとしての資格を持ち、時には染みとしての公的な発言権さえ持つだろう。あなたはその色の緩やかな移ろいと共に、その多義的な輪郭と共に、生を送っていくしかない。

（「女のいない男たち」）

私たちは、過去への思いを断ち切ってひたすら現前性を生きることもできる。そして女と男を入れ替えれば、すぐさま直子やイズミのことが頭に浮かぶ。ここにある切実さに耐えきれない人間は直子のように自死を選ぶかもしれない。あるいはまた、イズミのようにかつての容貌を失ってしまうかもしれない。ここに私たちは村上春樹という作家の根源的な、感性の由来というべきものを読み取ることができる。

同じモチーフの短編小説②『一人称単数』

本章で取り上げる作品は明確なモチーフがあって書かれていることで共通している。作家にとって切実であるのは、どの程度かは別にして、彼の現実世界での体験が関わっていると考えるのが普通であろう。だからあのイズミと同様の仕打ちを主人公から受ける女性はあちこちに見られる。それを二〇二〇年に刊行された短編集『一人称単数』で確認しておこう。

「ウィズ・ザ・ビートルズ　With the Beatles」に登場するサヨコは裏切りに直面するという点で、まさにイズミそのものである。

一九六四年のビートルズ旋風が吹き荒れていた時代の、偶然見かけた光景から小説は始まる。高校生だった「僕」は学校の廊下を早足で歩く少女が「ウィズ・ザ・ビートルズ」というＬＰレコードを大事そうに胸に抱えていたのを見る。その少女の美しさに打たれ、呆然とする「僕」の耳の奥で鈴の音だけが鳴っていた。「誰かが僕に急いで、重要な意味を持つ何かを知らせようとしているみたいに」。しかし、それっきり「僕」が少女を見かけることはなかった。

先のメッセージが核心となって小説が収斂するのかと思いきや、小説はまったく異なる拡散ぶりを示す。話はビートルズからその時代のアメリカ青春映画『避暑地の出来事』のトロイ・ドナヒューとサンドラ・デイの消息へと進む。そうなるのは、その頃に「僕」にガールフレンドができてその時代背景が語られるからだ。けれどもそこからガールフレンドであるサヨコを中心に話が進むのではなく、彼女の兄の話が大半を占めることになる。

ここでは話の展開がスポンテニアスに進むのだとする村上の方法を思い出した方がいいかもしれない。その兄からなぜか芥川龍之介の「歯車」を読まされ、自分には一時的に記憶が途切れる症状があるとも告げられる。そして十八年後に彼と再会した際に、ひどい別れ方をしたサヨコの消息を聞かされる。彼女は二十六歳の時、勤務先の同僚と結婚し、子供を二人産んだけれども、三十二歳の時に自殺したというのだ。先の「女のいない男たち」でもそうだったが、あたかも計画されたかのような、別れた女性の自殺は村上作品での定番となってしまっている。

このサヨコの自殺を聞き、「僕」が大学時代に別れを告げたガールフレンドのことを想起するに至って、この小説のモチーフがどこにあるのかが判明する。

僕とガールフレンドはその日、六甲山の上にあるホテルのカフェで別れ話をすることになった。僕は東京の大学に進んでいたが、そこで一人の女の子を好きになってしまったのだ。思い切ってそのことを打ち明けると、彼女はほとんど何も言わず、ハンドバッグを抱えて席を立った。そしてそのまま振り向きもせず、早足で店を出て行った。

（「ウィズ・ザ・ビートルズ　With the Beatles」）

ここでの残酷さは、彼女が「僕」に文字通り、身も心も捧げていたのに裏切られたところにある。彼女は「僕」にとって最初のガールフレンドであり、「女性の身体がどんな風になっているか」を教えられたのも彼女だった。自分が人を傷つけてしまうことがあるという例のモチーフである。

当然ながら、ここで思い出されるのは先に男と女を入れ替えても成立するとして筆者が引用した「女のいない男たち」の文章である。村上自身が書いていたように、深く染み込んだ孤独の色は、年月とともに薄れることはあっても消え去ることはない。それを抱え込んで生きねばならぬサヨコの終着点が三十二歳での自殺だった。

筆者はここでのサヨコに『国境の南、太陽の西』のイズミと同様に作品の底流としてのモチーフを感じる。ただ、村上にとってそれ以上にテーマとして意識されていたのが冒頭にあった「鈴の音」である。胸の高まりを象徴するそれのないことで「僕」はサヨコを捨てたのである。

でも今更こんなことを言うのはつらいのだが、結局のところ、彼女は耳の奥にある特別な鈴を鳴らしてはくれなかった。どれだけ耳を澄ましても、その音は最後まで聞こえなかった。残念ながら。でも僕が東京で出会った一人の女性は、その鈴をたしかに鳴らしてくれたのだ。それは理屈や倫理に沿って自由に調整できることではない。それは意識の、あるいは魂のずっと深い場所で、勝手に起こったり起こらなかったりすることであり、個人の力では変更しようのない種類のものごとなのだ。

（同前）

こうした「僕」の思いがどれほど身勝手かつ残酷で、他者性を欠いたものかは『国境の南、太陽の西』ですでに描かれていた。「鈴の音」を鳴らす島本さんを求めるあまり、どれほど妻有紀子を主人公が傷つけていたかを明示することによって。いや「鈴の音」どころか、ただ性交したい思いだけでイズミの従姉に走ったことによって。

小説全体を彩ってはいないけれども、明らかに同じモチーフが底流していることは「クリーム」（『一人称単数』所収）においても変わらない。ただし、厄介なことに村上という作家はすでに何度も触れているように興味深い人物や場面がスポンテニアスに奔出することを特徴とする作家なので、作品ではモチーフすら一つの題材扱いとなってしまう。

先の作品では拡散が目立っていたが、この「クリーム」ではよりインパクトの強い場面の方が多くの評者に注目されがちだった。それは気分が悪くなり、公園の四阿のベンチに座って回復を待つ「ぼく」（この作品だけひらがな書きである）の前に現れた老人の差し出した命題である。「中心がいくつもあって、しかも外周を持たない円」を思い浮かべられるかと老人は話しかけてきたのである。

魅力的な命題であり、その老人がいつの間にか消えてしまっているところからも何かのメタファーかと思わせる効果は大きい。数学に詳しい小川哲によれば、この命題は数学的な問題ではなく、丸い三角形と同じく言語化はできるし、内容もわかるけれども「具体的に脳内に浮かべようとすると無理なものの例え」だろうとしている。また、「小説自体がそういうものだという見方もできる」とも述べている（座談会「いくつも中心のある短編の円環」「文學界」二〇二〇年九月号）。

思いつく限りのメタファーを村上は繰り出してくる。それによって私たちはあらぬ方向に引っ張られたりもする。そこに村上作品の魅力を見出すものもいるだろうが、明確なモチーフがあり、テーマが真摯に追求されることを期待する読者は当惑するばかりだ。それを避けて本章で述べていることの関心事に戻せば、もう一つの奇妙な出来事の方が重要である。

十八歳の浪人生の「ぼく」は一学年下の女の子からピアノ演奏会に招待される。同じピアノ教室に通っていたが、連弾の時に「ぼく」が間違えると露骨に嫌な顔する女の子だった。その招待状の日時と場所に行ってみても、ピアノの演奏会をやっている気配はなかった。この後、「ぼく」は気分が悪くなって公園のベンチに座り込むことになる。

実は「クリーム」の構成は、「ぼく」が二つの奇妙なエピソードを年下の友人に話すという形になっている。その友人からは、「話の筋がもうひとつうまくつかめないのですが、そのとき実際に何が起こっていたのでしょう？　そこには何か意図なり原理が働いていたのでしょうか？」と問われてしまう。

村上の意図は次のように展開する。

村上は「ぼく」に、先の「中心がいくつもあって、しかも外周を持たない円」という命題を、「人の意識の中にのみ存在する円なのだろう」と結論付けさせ、さらに次のように推論させている。「心から人を愛したり、何かに深い憐れみを感じたり、この世界のあり方についての理想を抱いたり、信仰（あるいは信仰に似たもの）を見いだしたりするとき、ぼくらは当たり前にその円のありようを理解し、受け入れることになるのではないか」。これは村上作品の中でどのような意味を持つだろうか？

おそらくそれは、本来あったモチーフが引き寄せるテーマを矮小化する機能を果たしているかもしれない。多様化という批判されない妥当性を提示することで、自らのこだわりを低下させようしているかに思える。「中心がいくつもある」とはそのようなメタファーとして差し出されているかもしれない。もちろん、多様化を持ち出してもそのモチーフが消えるわけではない。偽のピアノ演奏会の招待状を受け取った「ぼく」の思いはそれを証明している。

（……）彼女は何かしらの理由で――どんな理由かは思いつけないが――虚偽の情報を与え、日曜日の午後にぼくをこんな山の上まで引っ張り出したのだ。何かがあって、彼女はぼくに対して個人的な怨みなり憎しみを抱くようになったのかもしれない。（……）

しかしそれほど手の込んだ嫌がらせを、人はただの悪意からおこなえるものだろうか？　葉書の印刷だって手間はかかったはずだ。そこまで人は意地悪くなれるものだろうか？　彼女に憎まれるようなことをした覚えはぼくにはまるでなかった。でも人は自分では気がつかないところで、他人の気持ちを踏みにじったり、プライドを傷つけたり、不快な思いをさせたりすることがある。（「クリーム」）

明らかに酷い行為で女性を傷つける事例は『国境の南、太陽の西』のイズミが典型だったが、悪意がないのに人を傷つける初期の事例としては「中国行きのスロウ・ボート」があった。そしてこの「クリーム」にある、自分に自覚はないものの人を傷つけていたのではないかというモチーフは『色彩を持たない多崎つくると、彼の巡礼の年』にも見られるものだった。

そして『色彩を持たない多崎つくると、彼の巡礼の年』が書かれた

不可解な設定が多く、自在なストーリー展開となった二〇〇二年の『海辺のカフカ』以降、エンターテインメント色が強くなった『1Q84』のBOOK3が二〇一〇年に刊行されてもなお、モチーフが強く感受できる『色彩を持たない多崎つくると、彼の巡礼の年』が二〇一三年に刊行される。

基本的にはシンプルな話である。名古屋での高校時代に親密だった五人グループに所属した多崎つくるだったが、彼一人が東京の大学に進学した二年目に突然、他のメンバー四人から絶交を告げられる。理由も知らされないまま、その苦しみから立ち直った多崎つくるは、十六年後、付き合っている沙羅の促しもあって旧友を訪ね、真相を探ることになる。

友人たちがつくると付き合うのを止めたのは、メンバーの一人シロがつくるにレイプされたと話したからだった。男二人、アオとアカからはつくるがレイプするなどとても信じられなかったが、シロの深刻な状況を見て同意したのだという証言を得る。

つくるは高校時代シロに対するのと同じように好意を抱いていたクロを訪ねてフィンランドにまで行く。クロからもつくるがレイプするとは信じられなかったが、その時疲弊してひどい状態だったシロを救うためにはつくるに犠牲になってもらうほかなかったと説明を受ける。なぜシロはつくるにレイプされたなど

と嘘をついたのかが明らかにされるのだが、小説全体はこのことに絞って展開されるわけでなく、さまざまな方向に話が拡散することが特徴となる。スポンテニアスという村上の方法がそうさせてしまうのである。

もちろん、村上にとってはその連想の広がりこそが自分の小説の巧みさだと主張するのだろう。不可思議な人物の登場に惹かれる読者も多いはずだ。

まず大学のプールで知り合った二学年下の灰田がいる。名前のグレイ、灰色にも小説中での控えめな役割が象徴されている。物理学科に在籍する、思索好きの小柄でハンサムな青年だとされる。彼が果たす役割は二つあって、一つは秋田の公立大学で哲学科の教師をしている父親について話すことであり、いま一つはつくるが夢で射精する際に口で受け止める怪異な行為のことである。

大きく脇道に逸れる話とも言えるし、作品全体に浸透する話とも言える。父親が一九六〇年代末、大学生だった時に一年ほど放浪生活を送った話を灰田はする。父親から何度も聞かされたということで詳細なエピソードとなっており、『海辺のカフカ』で特に濃厚になるダークファンタジーに踏み込むような内容も含まれる。

それは父親が大分県山中の温泉旅館に住み込みで働いていた時に知り合った緑川というジャズ・ピアニストの語りが中心となる。緑川は父親に悪魔に魅入られたような話をする。死のトークンを受け取った人間は「ある種の色を持った、ある種の光り方をする人間」を見つけ、それを引き渡すことができる。死のトークンを持つと超人的な感覚を持てる。ここで緑川の語ることはすでに『羊をめぐる冒険』で読まされたことだった。

死のトークンは全能の力を与える羊のことであり、超人的な感覚とは「観念の王国」と鼠が語ったものにほかならない。そして鼠と同様、緑川は死のトークンを次の人間に渡すことなく自ら死を迎える。

緑川をめぐる「不思議な話」を灰田が語った夜、奇妙なことが起こる。

深夜、目を覚ましたつくるは闇の中に灰田が立っているのを見る。灰田は部屋の隅に立ち、ベッドに仰向けに寝たつくるを見下ろしていた。夢なのか、本物の灰田なのかつくるには判断がつかない。「本物の灰田は、その現実の肉体は、隣室のソファの上でぐっすり眠っており、ここにいるのはそこから離脱してやってきた灰田の分身のようなものではないか。そういう気がした」（『色彩を持たない多崎つくると、彼の巡礼の年』7章）。

おそらく、ここでは第二章で検証した「幻視から幻想世界」という段階を超えた、現実と幻想が混濁した状態だとも言える。次の文章はそうした状況を語る。

それからつくるはもう一度眠りに落ちたのだろう。やがて彼は夢の中に目を覚ました。いや、正確にはそれを夢と呼ぶことはできないかもしれない。そこにあるのは、すべての夢の特質を具えた現実だった。それは特殊な場所に解き放たれた想像力だけが立ち上げることのできる、異なった現実の相だった。（同前7章）

ここでいう「夢の特質を具えた現実」はその後、全裸の十六歳か十七歳のシロとクロ二人との性的行為の場面となる。二人に愛撫されても、つくるが射精するのはシロの中だった。しかし、射精を受け止めたのはなぜかシロではなく灰田の口だったというのである。目が覚めて確認してみると、射精した形跡はなく、「すべてはおれの意識の暗い内側で起こったことだ」との思いをつくるは抱く。こうした夢と現実の混淆は『ねじまき鳥クロニクル』で始まっており、もはや珍しいものではない。（なお、ここでの「意識の暗い内側」というのを深層意識と取る向きもあるが、筆者はそれを幻想性の世界として論じている。）

さらに厄介なことに、灰田の口に射精する場面が深い意味を込めたメタファーなどではないと私たちは後年知らされる。終章で取り上げる川上未映子との対談『みみずくは黄昏に飛びたつ』第三章では、川上がこの場面を「主人公が本当に求めているのは女性なのではなく、じつは男性なんじゃないのか」との印象を語るのだが、村上はその場面を全然覚えていないと言うのだ。ただ、次のようには語る。「あの小説は彼（灰田）を、あるいは灰田親子を必要としていたんだという実感は、僕の中に今でも残っています」。

先の場面は村上の方法を明確に示している。スポンテニアスに場面や登場人物が村上の記憶の抽斗から拾われる。モチーフやテーマが意識されるのではない村上にあっては、各場面はその場限りの可能性がある。実際に、小説の発行から四年も経たないうちに行われた対談において、その印象深い場面は全然覚えていないと断言されたのである。これをそのまま受け入れてもいいし、村上は対談ではしばしば「しらばっくれる」性癖を有するのだと疑っても良い。

そんなことを筆者に確信させるのは、灰田をめぐるやり取りの後、チャンドラーの『ロング・グッドバイ』でのテリー・レノックスの名前を失念し、川上にその名を答えさせているからである。村上は十六、七歳の時に『ロング・グッドバイ』を読んで以来、何度となく繰り返し原文でも翻訳でも読んでいる。そんな人間がテレー・レノックスの名前を忘れるとは信じ難いからである。

現在の村上にとって現実と非現実の境界はなくなっている。自分が他人を知らぬ間にひどく傷つけていたかもしれないというモチーフはまだ生きているものの、この作品ではそれが第二部で詳述するダークファンタジーの色合いに染まるほど危ういものとなっている。フィンランドの湖畔の別荘地でクロと話すことでその色合いはさらに濃厚となっている。

クロからはアオとアカから聞かされたよりは詳細にシロの危うい状況が知らされる。クロは自分がつくるを好きだったことを理由として挙げる。それを感じ取ったシロがつくるにレイプされたという話をでっち上げたというのである。ただ、シロが誰かと性的関係を持ち、妊娠していた事実もクロは告げる。つくるにレイプされたということを、シロは「それが本当に自分の身に起こったことだと、最後まで信じていた」。どこからそんな妄想が出てきたのかクロにも分からないというのだが、「ある種の夢はたぶん、本当の現実よりもずっとリアルで強固なものなのよ」とも彼女は言う。まるで村上の文学観を代弁する科白である。

つくるはすでに名古屋で会ったアカからシロの変貌ぶりを聞かされていた。浜松で暮らすシロに彼は会っており、もう彼女は昔のように綺麗ではなく、「生命力がもたらす自然な輝きを失っていた」。クロの話はそれにさらに輪をかけるものだった。外の世界に対する関心を失ったシロは、悪魔に取り憑かれたとまでクロは言うのだ。その断言はつくるにも強く作用する……。

「僕は犠牲者であるだけでなく、それと同時に自分でも知らないうちに周りの人々を傷つけてきたのかもしれない」という本章で取り上げているモチーフの系譜からは外れる所まで行ってしまう。つまり、『源氏物語』の「葵」の巻で六条御息所が生き霊となって葵の上に取り付くという場面をなぞるように次のように書くのである。

シロとクロの二人が登場する性夢のこともあって、「自分にも何かしらの責任があるのではないかという気がしてならなかった。いや、レイプの件だけじゃない。彼女が殺されたことだってそうだ。その五月の雨の夜、自分の中の何かが、自分でも気づかないまま浜松まで赴き、そこで彼女の鳥のように細く、美しい首を絞めあのかもしれない」（17章）とまで書かれる。自らが生き霊となってつくるがシロを殺したと悩むのである。まさに六条御息所である。

高貴な身分であり、豊かな教養と繊細な感性を有する六条御息所は賀茂祭の際、御禊《ごけい》行列に加わった恋人の光源氏の晴れ姿を見ようと出かけるのだが、正妻の葵の上の従者たちに牛車を押しのけられ、屈辱を味わう。六条御息所は、体調を崩した葵の上の加持祈祷で焚かれた芥子の香りが彼女に纏わりついているところから、自覚はないのだが、生き霊となって葵の上に取り憑いたのだと悟る。

物の怪の存在が信じられていた平安時代において、「葵」の巻は確かなリアリティを有する場面として書かれている。しかし、先の引用文は「葵」の巻ほどに説得力は持たない。むしろクロはつくるを現実に引き戻す役割を担っている。彼女は言う。

「私たちはこうして生き残ったんだよ。私も君も。そして生き残った人間には、生き残った人間が果たさなくちゃならない責務がある。それはね、できるだけこのまましっかりここに生き残り続けることだよ。たとえいろんなことが不完全にしかできないとしても」（17章）

ここでは現前性を生きることの必要性が強調されている。小説はここから妄想でつくるにレイプされ、何者かに殺されてしまったシロのことから離れ、まさにつくるの現前性というべき沙羅のことにと話は戻る。そこでは『国境の南、太陽の西』の主人公が他者性としての妻有紀子と向き合ったのに等しい展開がある。それによって『色彩を持たない多崎つくると、彼の巡礼の年』は死のトークンを持つ緑川や悪霊に取り憑かれたシロといった幻想性に向かう要素があるにもかかわらず、リアリズムの小説たり得ている。

小説にしっかり書き込まれているわけはないけれども、つくるよりも二歳年上の沙羅は他者として作中では機能する。

これからも自分と長く付き合っていく気があるのかと問う沙羅に、つくるは「君と長く一緒にいたい」と答える。それに対し彼女は、「じゃあかまわない。まだ時間はあるし、私は待てるから。とりあえず片付けなくてはならないことも、私にはいくつかあるし」（12章）と意味深な応じ方をしている。ただし、つくるの方は単純に、彼女の言う「ゆっくり時間をかければいい。私は待てるから」だけを受け止め、彼女の「片付けなくてはならない」事情には無頓着である。

13章では気になる光景をつくるは見る。沙羅が五十代前半の男と手をつないで歩いていたのを見てしまうのだ。そしてつくるにとってショックだったのは、彼の前では見せたことがないような、「心から嬉しそうな顔」を沙羅がしていたことだった。自分の知らない一面を有する他者であることを思い知らされたのである。

村上作品の特徴はつながるような場面が、スポンテニアスに湧出してどこかに置かれていることだ。沙羅が男性と歩くのを目撃したことは、つくるが大学四年生の時に親しくなった四歳年上の女性と関連する。彼女は故郷に幼馴染の恋人がおり、つくるにもそのことを告げて付き合っていた。八ヶ月付き合って、つくるの大学卒業直前に彼女は幼馴染と結婚するために故郷に戻ったのである。

その彼女とつながることで沙羅はこの小説を最後まで引っ張る役割を担う。つくるが満足する結果となるのかどうかは分からない。四歳年上の彼女が二人の男性と性行為をしていたように、沙羅がどちらを選択するのかはつくるの力の及ばない領域となって小説は終わる。

本章で取り上げた二つのモチーフはそれぞれになお多少の変更があっても村上作品に顔を出すことははっきりしていた。ただ村上春樹にとっては第四章、五章で検証するように、よりダークファンタジーの方に魅入られているというのが現状だと思われる。村上はこの『色彩を持たない多崎つくると、彼の巡礼の年』の1章に「彼はその時期を夢遊病者として、あるいは死んでいることにまだ気づいていない死者として生きた」と書いているのだが、現在の彼にとってはこの文章が比喩ではなく、ダークファンタジーに踏み込むリアルなものとして生かしたい思いが強くなっているようなのだ。

第二部　エンターテインメントとしての村上春樹

第四章　ダークファンタジーとしての『ねじまき鳥クロニクル』

暴力性は唐突に『ねじまき鳥クロニクル』に登場し、『海辺のカフカ』においても表現されていた。モンゴル軍兵士による皮剥ぎがベトナム戦争当時の具体事例からヒントを得られていたのと違って、ジョニー・ウォーカーが猫を惨殺する様は村上のオリジナルである可能性が高かった。本章ではこの暴力性の持続に関し、さらに進んで村上春樹においてダークファンタジーの要素が強くなっている点を確認していきたい。

ダークファンタジーは必ずしも概念が規定されるところまで行っておらず、出版社や映画製作者側でダークファンタジーとして売り出される段階かもしれない。例えば、ベストセラーコミックを映画化した『鋼の錬金術師』はそのチラシに、「錬金術が存在する架空の世界を舞台としたダークファンタジー」と謳っていた。

この映画は幼い頃に亡くした母親を甦らせるために、錬金術では禁止されている人体錬成により体を取り戻そうとしたのだが失敗し、弟は肉体を失って鉄製の体となってしまい、主人公は右腕を失うところから物語は始まっている。単に虚構というよりももう一段、私たちが現に生きる世界から大きく隔たったところで、より幻想性の強い世界を舞台とすることでこの作品は成立していた。

本章では、最初に読者や観客を楽しませるエンターテインメントからダークファンタジーに至る過程を考えてみる。

エンターテインメントからダークファンタジーへ

作家が表現したいものを何よりも重視して創作するのが文学だとすれば、エンターテイメントは読者が喜びそうなものを重視して創作する。そのように出来上がった作品をマーケティングの観点から見ると、あくまで比率の問題であるけれども前者は製品志向、後者は顧客（＝読者）志向と分類される。一般的には前者が芸術性が高く、後者は娯楽性が高いということになる。このことはどちらの方に価値があるかという問題ではない。それは、文学もエンターテイメントもそれぞれ社会で果たす役割が異なるということしか示してはいない。銀行員の仕事、商社員の仕事、工場で物を製造する仕事、インターネット空間でする仕事、国や地方の行政に関わる仕事――どの仕事に価値を認めるかは人によって違う。金銭欲や権力欲、達成感など評価する視点が人によって異なる以上、社会で果たす役割の価値にまで踏み込むことは難しい。

実際のところ、文学とエンターテインメントが明確に区別できるということでもない。日本の現状を見れば、芥川賞が純文学、直木賞がエンターテインメントと区分できるわけではないだろう。雑誌でいえば、「群像」や「新潮」「文學界」「すばる」に掲載されるものが純文学で、「小説現代」「小説新潮」「オール讀物」「小説すばる」に掲載されるものがエンターテインメントとするのも、おそらく現実的ではない。境界はもっと曖昧となっている。

例えば広く読まれる、読まれ続ける、深く読まれる、を優れた文学だと規定することは可能だろうか。心を揺さぶる作品という表現もある。こうした規定も純文学と呼ばれるものだけでなく、かつては大衆文学や中間小説と呼ばれたものからも感受できたのではないか。いや、人によってはテレビのニュース映像からでも強い感銘を受けたり、深く思考したりすることはあるだろう。

本書は村上春樹がどのような作家なのかを、特に『海辺のカフカ』以降に顕著になった傾向も考慮に入れて明らかにすることを目的としているので、学問的な定義を目指すのではなく、文学とエンターテインメントを大まかな区分として考察を進めることとしたい。

今日、小説であれ映画であれ、私たちが楽しめるエンターテインメントとしてはファンタジー、ミステリー、ホラー、時代もの、学園もの、スポーツもの、戦争ものなどいくつかの区分はできる。そんな中で、ダークファンタジーと区分できると感じられるのは現実世界からの飛躍の度合いが激しい作品ということになる。必ずしも作品全体が先に挙げた『鋼の錬金術師』のように幻想世界を舞台としていることが条件ではない。

現実世界とつながるような、ある意味ではリアルな虚構性とでもいうようなミステリー小説であっても、ダークファンタジーぽい要素が導入されているケースもある。例えば、筆者は今村昌弘の小説を思い浮かべる。

今村は公募の鮎川哲也賞受賞作『屍人荘の殺人』（二〇一七年）でデビューしたのだが、その評価が極めて高かったミステリー作家である。同作は「このミステリーがすごい！　２０１８年版」国内編第一位、「〈週刊文春〉２０１７年ミステリーベスト10　国内部門」第一位、「２０１８本格ミステリ・ベスト10」国内編第一位、と総なめである。

それほどまでに評価が高かったのは、本格的な密室殺人という設定が、ネタバレになるので詳しくは書けないものの、途中からはまったくの他ジャンルの小説となっていくところにあった。その意外性はアカデミー賞を受賞した韓国映画『パラサイト』が作品中盤からガラリと作品の空気が変わることに匹敵するものだった。

今村は第二作の『魔眼の匣の殺人』を経て、シリーズ第三作の『兇人邸の殺人』を二〇二一年に発表する。そこでは小説内の現在時、兇人邸での殺人事件が全九章にわたって書かれ、その合間には「追憶」と題された章が四つ挟まれている。ただし、その「追憶」部分は最終章の九章冒頭にまで入り込んでいる。前者は隻腕の巨人によって大鉈で首が切り離されてしまう凶暴な殺人事件が中心であり、もう一方は、かつての研究施設で暮らす子供たちが経験する不安な状況である。

今村の小説では、二つのストーリーラインがどう関係するのかが最後まで明らかにならないことで大きなサスペンスを読むものに感じさせる。その施設で子供たちが断ち切られた猿の首を見つけたりすることでその緊張感は次第に高まっていく。シリーズ三作に共通のある研究施設の実態がそれぞれの作品のキーとなっており、特に三作目において今村はダークファンタジーの領域に足を踏み入れたとの印象がある。

ネタバレになるのでこれ以上踏み込めないが、少なくとも首が大鉈で切り離される殺人という怪異な事件の真相とその犯人に関しては、ダークファンタジーの要素抜きには考えられない。どれだけ現実世界から遠くというよりも、激しく離れているかがポイントである。

今村の小説はデビュー作以来、どのように読者を楽しませるか、あっと言わせるかに重点が置かれてきたかに思える。このことはエンターテイメントの要素として理解しやすい事情である。

もともとエンターテインメントが読者志向（＝マーケティングでいう顧客志向）だというのは、作家が読者をどう楽しませるかに極めて自覚的だということを意味する。したがって、単に私たちの生きる現実世界における虚構というよりも、より非現実的な設定が好まれる傾向があった。

時代劇映画ではどれだけ斬られても死ぬことのない侍が活躍し、現代劇では銃で撃たれようが死ぬことなく、体が切り離されても生き返る主人公がいた。学園ものでは男女の高校生がぶつかったとたんに体が入れ替わるという設定がよく知られている。意外な展開が可能となるところから、刑事と殺人者が入れ替わる綾瀬はるかと高橋一生が主演の連続テレビドラマもあった。アメリカ映画では殺人鬼と女子高生が入れ替わるという設定もあった。

過去の世界に戻って事件を解決するという設定もよく見かけるものだ。タイムマシンの時代から、過去の改変をどのような設定でやるのかはエンターテイメントとしての魅力を左右する。例えば、韓国ドラマを原案として製作された映画『劇場版　シグナル』ではそもそもの設定に面白さがあった。バッテリーぎれの無線機によって、なぜか二〇二一年の刑事が二〇〇九年に生きる刑事と繫がり、二つの時代の事件がその無線機で繫がることによって解決へ導かれる。

こうした途方も無い、現実世界ではあり得ない設定によりストーリーはそれまでなかった新たな展開が可能となる。読者、観客、視聴者など顧客の喜びそうな設定はこれからも様々な工夫が凝らされるはずだ。それがエンターテインメントの世界である。（これと正反対に、意表をつくのではない、かつての長寿テレビドラマ『水戸黄門』のような定番のエンターテイメントの形もある。）

突飛な設定に関して、なぜそんなことが可能なのか、原理を説明せよ、などというのはヤボというものだ。私たちはむしろそうした独創的な設定こそを楽しむべきだろう。そのことでそれまでにない物語を提供されているのだから。

小説、映画、テレビドラマだけではない。漫画、アニメではもともと現実世界ではあり得ない画面を創造することは可能だったし、今日では映画の場合も、CGによってどんなシーンでも製作可能である。それに加えて、特殊効果のチームによってさらに観客を喜ばせる、それまで見たことのない魅力的な画像を提供できる。

エンターテインメントであるテレビのバラエティ番組でも同じ工夫がなされる。視聴者が喜んで見てくれるかどうかが基本である。例えば、日本テレビ系で放映されている木曜八時からの「ぐるナイ」のゴチバトルでは、二〇二二年九月一日にはそれまでになかった新たなスタイルに挑戦していた。マンネリ化を防ぐ一つの方法だったので紹介したい。

ゴチバトルでは毎回有名レストランで七、八人の出演者が料理を何品か注文し、トータルの金額を予想する。設定金額を最も大きく外した者が全員分の食事代を負担するという番組である。二時間スペシャルでは食材探しロケで新鮮味を出すことが多かったのだが、その日のスタイルは他の番組では取り上げられていたものの、ゴチバトルでは初めてだった。

ゴチバトルでは、一人だけメニュー表に金額が示されており、他の出場者同様注文し、予想金額も通常通り答える。この番組では予想金額がトータルでピッタリ合えば賞金百万円を獲得できることになっており、ライアーは満点を狙っても良いのだが、その日のビリとなった者がそのライアーを当てることができれば、金額の支払いはライアーになるというルールだった。したがって、ライアーは満点を出すよりも、少し外した方が賢明ということにもなる。その駆け引きがこれまでのゴチバトルにはなかったことであり、新鮮だった。

様々な分野で新たな試みがなされエンターテインメントの楽しみが増加する。ダークファンタジーもそのような文脈で生まれてくる。現実を大きく外れ、過酷な暴力性や瞬時の空間移動、奇妙な治療行為など『ねじまき鳥クロニクル』は明らかにダークファンタジーへ踏み出した作品だと言える。

『ねじまき鳥クロニクル』第3部を支える技法

第3部のストーリーラインは次のように整理できる。

①ナツメグとシナモン、主人公による癒しの仕事（シナモンの子供時代含む）
②綿谷ノボル・クミコの代理人牛河と主人公との対話
③笠原メイの手紙
④新京動物園をめぐる話（ナツメグに語られ、シナモンによって書かれる）
⑤シベリアでの間宮中尉とボリス

第1部、2部で不可解だけれども重要な役割を果たしていた加納マルタ、クレタ姉妹はまったく登場しない。①と④はこの第3部で新たに、かつ主要な役割を果たすものとして登場している。③の笠原メイはもはや登場する必要のない人物であろう。最後に、直接会うだけで十分である。⑤についてもなぜあえて登場させる必要性があったかは疑問である。第1部、2部で間宮中尉の話に意味があったのは、井戸の底にいることで異界とつながるという相似として必要だったからである。ただし村上の頭の中では、第3部37章での最後の暴力的場面において、「何も考えてはいけない、と僕は思った。**想像してはいけない**。間宮中尉は手紙の中にそう書いていた。**想像することがここでは命取りになるのだ**」（ゴシック原文）と書かれることに照応させる意図があったかもしれない。

そうした照応関係として第3部で意義があるのは④のみである。新京動物園の獣医師であるナツメグの父や、その動物園で動物たちや中国人脱走兵たちを殺すことを強いられる若い兵士は、主人公やシナモンと激しく照応するからである。主人公の頬にできたアザはナツメグの父にあったものであり、ねじまき鳥の鳴き声を聞くのはここでは主人公に加えて子供時代のシナモンや若い兵士となっていた。

確認しておきたいのは、第一章で触れたように村上が自らの小説の書き方についてテーマはなく、全体の構想もあらかじめ用意しているのではなく、スポンテニアスに場面や人物が湧き出てくる、メタファーにメタファーを重ね、パラフレーズを重層化するのだと述べている点である。こうした技法によって書かれていることを忘れてはならない。

なぜこんなことを持ち出すのかといえば、先の五つのストーリーラインがテーマを求めて展開されているのでなく、村上によって描きたい人物や場面が自然に出てくることで進んでいるのだと、絶えず意識する必要があるからだ。村上自身、自分は整合性を求めて書いているのではないとも明言している。

少し長くなるが、ダークファンタジーに至る道筋を明らかにするためには必要と考えるので引用したい。

小説というのは偶然が非常に大事な表現システムなんですね。偶然がないと物語は進展しない。なぜかといえば、物語は集約されたものだから。集約するには何か集約するだけの付着力というか凝縮力が必要なわけで、その凝縮力を生み出すのが「天与のもの」としての偶然なんですね。だから僕らは現実の層で生じる偶然なり非整合をどれだけ自分に持ち運べるかが勝負になる。例えば何人かの登場人物がいて、これがどういうふうに絡まっていくかというときに、そのようなある場合には説明不能な天与の力がなければ物語が成立しないんです。ところが、これまでの小説は偶然性を軽んじていた。そんなに物事はうまくいくわけがないと。どちらかといえば事実は小説よりも奇なりで、現実のほうが偶然性でどんどん進んでいくのに、小説のほうはむしろ整合性の方を重んじていた。でも僕はそうじゃないと。非整合性の力こそが物語の力だし、それをうまく呼び込むためには意識の下のほうに降りていかなくちゃいけない。上のほうにいるとやっぱり偶然性というのはどうしても説得力を持たないんですね。

（河合隼雄・村上春樹「現代の物語とは何か」「新潮」一九九四年七月号）

かつて私小説が純文学の代表と目されていた時代には、偶然性を排したリアリティある切実さが大きな武器となっていた。そこでは異性に対する思いの激しさや困窮に耐える姿、父親などに向けての反抗心などが切実さの証でもあった。当然ながら、村上は逆を目指す。現実の層で生じる偶然なり非整合性は「説明不能な天与の力」によって凝縮されなければならないが、それは意識の下の方に降りていかなければ可能とならない。小説における偶然はこのようにして説得力を持つのだと村上は考える。

村上にはっきりと言明されてはいないが、意識の下の方に降りて行って凝縮を可能にするのはメタファーの力、あるいはその多彩さだと村上が考えていることは確実である。メタファーが連続することでストーリーは進展するものの、元々の表現したいことが何であったかは不分明となる。しかし、そのことは村上にとって弱点とは考えられていない。明確なテーマというものにこだわりを持っておらず、整合性も必要ないと考えているのだから。

引用文の思考を支持できるかどうかは人によるだろうが、この時点で村上に大きな自信を与えたのが対談者の河合隼雄だった。巧みな話術で村上よりは説得力ある説明をしている。意識の浅いところでの偶然と、「もっと深いところに降りていった偶然」とは違うのだと村上を勇気付ける。

今度の『ねじまき鳥クロニクル』にも、「壁抜け」という状態が出てくるけれども、意識の下まで降りていったときに、これは必然的に出てくる。いわば偶然に出てくるわけだけど、それは完全に必然性を持ってるという、それが物語の要因だと思うんです。（同前）

ここは村上春樹を評価する際の決定的なポイントであろう。井戸の底に降りていって、意識下で非現実的な幻想世界、あるいは異界とつながる（これを一概に深層意識に入っていくとは筆者は捉えない）。そこに必然性を感じることができるかどうか。「偶然性を排したリアリティある切実さ」が感じさせる必然性を上回るかどうか。しかし、どうだろうか。多くの読者はこうした必然性を感じるよりも、ひたすら村上がスポンテニアスに繰り出してくる場面の意外さ、ストーリー展開の面白さに惹かれているのではないだろうか。

　一定のテーマを持って、それが効果的に読者に伝わるように表現する作家ならば、村上ほど自在に、きつい偶然性を物ともせず書き進めることはできない。表現したいテーマを強く打ち出したい作家であれば、偶然性を利用することはあっても、それらの場面は絶えずテーマに引き寄せられるか、反発しあうような、いわば作品中に強い磁場を形成するものでなければいけない。かつて村上が『ノルウェイの森』において欠損の補完というテーマで作中に強い磁場を作ったように。

　自分にはテーマがないと言い放つ現在の村上――これは『ノルウェイの森』の系譜に連ならない作品、ということを意味する――は、作中にばらまいた人物や場面の数々がテーマに引き寄せられることを望んではいない。テーマとの緊張関係も存在しない。これも自ら言うように、メタファーにメタファーを重ね、パラフレーズを重層化することで、たとえ非整合的であってもより偶然性の高い、読む者を驚嘆させるような作風を選択しているためである。つまり、エンターテインメントからさらに進んでダークファンタジーと取られるような人物や場面に執着することになる。

中国映画『ゴッドスレイヤー　神殺しの剣』

　ここで唐突と思われるかもしれないが、筆者がダークファンタジーと考える二〇二一年の中国映画『ゴッドスレイヤー　神殺しの剣』に着目したい。「なぜか」という場面設定の多さという点で、これから述べる『ねじまき鳥クロニクル』や『海辺のカフカ』と共通するからである。

　同映画は配給会社によって「現実と虚構が入り混じる幻惑世界を壮大なスケールで描く革新的ファンタ

ジー・アクション超大作」と宣伝されていた。格闘場面が圧倒的に面白いのだが、そのストーリー展開も本章のテーマからすれば大変に興味深いものである。

物語を進める主要な人物は二人である。それぞれが映画内の現実世界と、そこで書かれている小説内の両方で活躍する。

一人は六年前に幼い娘をさらわれた元銀行員の男グアンで、彼はしばしば巨大な謎の町で娘ジュウズの声を聞くという夢を見る。彼は今も諦めず、映画冒頭ではなぜか誘拐した男がトラックでやってくるのを知っており、男に娘の居所を言うように迫る。この映画ではなぜそんな設定・展開が可能かという場面がたびたび出てくる。ここでは謎①というような番号を付しておく。

もう一人はウェブ小説家の青年コンウェン。ライブ中継で小説を語るのだが、それはグアンの夢に出てくる謎の町の支配者に命を狙われる同名の若者の物語である。最後には小説家はグアンの夢も参考に小説を書き進めることになる。

映画は現実世界とコンウェンの小説世界の映像とが頻繁に入れ替わり、突然に兵士たちに追われる若者のストーリーが展開する（なぜ追われるのかが謎②となる）。姉が若者を助けるが、結局、敵将と相打ちとなる。そしてそこからがダークファンタジーとしての真骨頂なのだが、敵将の鎧と見えていたのは、分散して人間に張り付いていた寄生獣（兵）だった。人間から血を吸いながら四百年間生きながらえてきた、隻眼の寄生獣なのだ。（もちろん、どこかで聞いたような設定ではある。映画後半では、娘を持つ親なら必ず耳にしている「月にかわって、おしおきだ！」というセリフだって出てくる。）

現実世界では、医療設備会社からスタートして国際的企業グループを育て上げた総裁が、なぜか謎の町の支配者「赤髪鬼」がライブ配信の小説で古傷が割れるたびに連動して体調を悪くしてしまう。数日の内に「赤髪鬼」が死ぬことが小説家に予告されており、総裁はグアンに対して、娘を探し出すことを条件にライブ配信をする小説家の殺害を依頼する（ここまでが謎③となる）。

若者は謎の町に入り込み、隣町との戦闘を終えた段階でなぜか少女ジュウズと出会う（謎④）。若者は少女の持つ絵巻物を守るため兵士らと戦うのだが、若者に取り付いていた寄生獣は若者の体から離れ、兵士の姿で若者を助ける。

最後には、寄生獣は若者コンウェンやなぜかグアンが扮している赤鎧の武者（謎⑤）とともに「赤髪鬼」と壮絶な戦いをする。ここが最大の見せ場で、ダークファンタジーにふさわしい醜悪な怪物というべき、人間の何倍かの巨軀である「赤髪鬼」に三人が立ち向かうのである。戦いの最中、「赤髪鬼」の額に刺さったままになっている刀が若者の父親のものだと判明する。

「赤髪鬼」はかつて若者の父親や一族を皆殺しにしたのだが、若者と姉だけがその手を逃れており、二人を殺す必要があった（謎②の解明となる）。若者が暴れることで額の傷跡が痛むことにもなっていた。そして現実世界では、なぜ総裁がウェブ小説家コンウェンを殺す必要があったのかが判明する。

総裁は医療設備会社を小説家コンウェンの父親と共同で立ち上げており、その後、父親を殺害しているらしく、小説内の「赤髪鬼」と若者・父の関係と照応するようになっている。以上がなぜ総裁が小説家を殺害しなければならないのかという謎③の解明となるのだが、ここで新たな謎も生まれる。ではなぜコンウェンはこんな小説を書くことができたのか、というそもそもの設定に関する謎である。

謎⑤は現実世界で娘を探すグアンが、せめて小説内の娘を助け出そうと自らの意思で赤鎧の武者になって小説内に入っていくものである。どうしてそんなことが可能なのかという問いは無効である。その方がストーリー展開としては明らかに意表をつく面白さがあるのだから。

当初、その場面がなぜ設定されているのか分からなかったものも幾つかは説明されている。しかし、すべてが整合的に説明されたわけではない。説明がつかなくても、これまでにない、小説家がライブ配信で話す内容が、小説家自身を含む現実世界の有り様に影響を与えるアイデアが秀逸だった。そのことで二つの世界でのそれぞれ照応する四人の登場人物の運命が、竜巻がねじれて上昇するように絡まり合いながら変転するのである。

ここで見た「なぜか」という場面の頻繁な設定は、残虐な暴力性の場面とともに、『ねじまき鳥クロニクル』や『海辺のカフカ』を検証する際に絶えず想起されるべきダークファンタジーの特徴である。

ダークファンタジーの場面とその論理

さて、『ねじまき鳥クロニクル』である。まず、ダークファンタジーに足を踏み入れている場面を確認しておこう。

第2部でも暴力性の場面がそのままダークファンタジーとなっているケースがあった。それはギター弾きの男からバットで攻撃されたものの、反撃し、バットで男を繰り返し殴った後の夢でのことである。その男は夢の中では立ち上がり、「激しく笑いながら、ポケットからナイフを取り出した」。

（……）彼は自分で服を脱いで裸になり、まるで林檎の皮でも剥くように、自分の皮膚をするすると剥き始めた。彼は大声で笑いながら皮膚をどんどん剥いていった。（……）そして最後には、男は真っ赤な肉の塊だけになった。（……）その剥がれた皮膚が床を這って、ずるずると音を立てながらこちらに近づいてきた。その皮膚は僕の足もとにたどり着くと、ゆっくりからだを這い上がってきた。

（『ねじまき鳥クロニクル』第2部17章）

これは夢の中でのことであり、主人公は目が覚める。村上春樹は引用文の倍ほどの分量で詳細に皮剥ぎの場面を書く。村上はこれをも「説明不能な天与の力」による、夢という意識下の偶然だから説得力を持つというのだろうか。多くの読者にとってこの場面はグロテスクの露出としか映らないのではあるまいか。ノモンハン事件の一年前、作戦行動中に捕らえられたリーダー格の兵士がモンゴル人将校に全身の皮を剥がれるという場面と照応するものとして生み出している可能性はあるものの、そうした照応に納得できるかどうかは読者によるだろう。

第3部での類似する場面は以下の経過で現出する。

主人公は33章で眠りに落ちたものの、意識を取り戻すといつの間にか、これまでのように壁を抜けることなく、例のホテルの部屋、二〇八号室に移動していた。**壁を抜けることなく空間移動、すなわち壁を抜けたのである。**

この現実世界と幻想世界の混淆は自在に主人公の移動を可能にする。これまでの夢の中でその部屋に移っていたり、謎の女に手を引かれて壁を抜けたりというのとは明らかに次元の異なる、『海辺のカフカ』のあの不可解な事態を可能にするダークファンタジーの世界が実現しているのだ。ジョニー・ウォーカーを東京でナカタさんが殺した際の血糊が、なぜか高松にいるカフカ少年についていたという場面は、ダークファンタジーにおいては何の不思議もない。

35章で主人公は部屋を出てロビーに行く。ロビーのテレビでは綿谷ノボルが右の頬にあざのある、スキー用の毛糸の帽子をかぶった暴漢に野球のバットで強く殴打され、重傷を負ったというニュースが流れる。犯人は主人公と同じ風貌、年齢だった。

ロビーにいる人たちに気づかれ、主人公は「顔のない男」――こうした最後まで正体の明かされない怪しい人物も村上作品においては珍しくない――の手助けで二〇八号室に戻る。36章ではその暗闇の中で謎の女とのやりとりがあるのだが、それは後で触れる。ただここで主人公は、井戸の底で失くなったはずの野球バットを異界に住む謎の女から手渡される。しかもそのバットには、「血が糊のように固まったところに、何本かの黒い髪の毛がこびりついて」いたのだ。それは綿谷ノボルの頭を強打した時のものだともされている。

すでに「なぜか?」を問うことがダークファンタジーにおいてはいかに虚しいかを映画『ゴッドスレイヤー　神殺しの剣』をもとに説明した。それは村上の作品においても変わらない。33章から35章、36章と合理的につなげることはもう不可能なのだ。それこそがダークファンタジーの特権でもあろう。意想外の出来事ばかりが起こる。

37章ではドアがノックされ、「微かな異物の匂いがした」ものが入ってくる。それはナイフを持っているのだが、「僕はあの鮮やかな白いきらめきを覚えていた」と書かれる。先の第2部の引用文直前には、「きらりと骨のような白い光を放った」と書かれていたところから、どのような姿になっているかは不明だが、明らかにギター弾きの男なのである。

主人公は暗闇の中で男のナイフで二カ所ほど切られたものの、バットで対抗し、首のあたりを打ち据えると「骨の砕けるような嫌な音が聞こえた。三度目のスイングは頭に命中し、相手を弾き飛ばした」。主人公はさらに「とどめの一撃」を加え、「暗闇の中でなにかが果物のようにぱっくりと割れた。西瓜のように」とまで書かれる。

暗闇の中であっても、暴力性が極限にまで達していることが知れる。主人公はポケットから懐中電灯を出して、「それが何なのか」確かめようとするのだが、「私を連れて帰りたいのなら、見ないで！」というクミコの声がそれを押しとどめる。彼女はすでに小説中の現実世界にいたクミコではなく、姿の知れない異形の生き物なのだ。

「それは僕が見てはならないものなのだ」とも書かれる。あたりには「嫌な臭いが漂って」おり、「それは脳みその臭いであり、暴力の臭いであり、死の臭いだった。それらはみんな僕が作りだしたものだった」、と書かれる。ここでは異界での行為が描かれており、もはや『ダンス・ダンス・ダンス』にあった幻想世界で暗示が与えられるといった事態とは大きく異なっている。あるいは二つの世界が著しく混淆しているのだとも言える。

気がつくといつの間にか闇の中にいたはずのクミコ（らしきもの）は消えており、ダークファンタジーならではの次のような文章が続く。

僕の指や肩や首や足から、ひとつまたひとつと力が抜けて消えていった。それと同時に傷の痛みも消えていった。肉体はその重みと質感をどこまでも失いつづけていた。僕は異議を唱えることなく、温かく大きな柔らかなものに身を任せ、肉体を明け渡していった。それは自然なことだった。気がついたときには、僕はあのゼリーの壁の中を通り抜けていた。僕はそこにある緩やかな流れに身を任せているだけだった。**もう二度とここに戻ってくることはないだろう、**と僕はそこを通過しながら思う。すべては終わったのだ。**でもクミコはいったいあの部屋からどこに行ってしまったんだろう？**僕は彼女をあそこから連れて戻らなくてはならなかったんだ。そのために僕は彼を殺したのだ。そう、そのために僕は彼の頭を西瓜のようにバットで割らなくてはならなかったのだ。

（『ねじまき鳥クロニクル』第3部37章、ゴシック原文）

ここには『ダンス・ダンス・ダンス』にあった小説内の現実世界と幻想世界という区分は消えてしまっている。二つの世界は混淆どころか、融解してしまっている。作品内の矛盾と見えることもすべて溶け合ってしまっている。

二〇八号室へは先に触れたように、夢でもないのに、また壁を抜けていないのに到達していた。けれどもここでは重さと質感を失くして、人間とは思えぬ状態でゼリーの壁の中を抜けたというのである。（たまたま読んでいた『「相対性理論」を楽しむ本』に、「例えば、壁に向かって投げたボールが壁を通り抜けることがある」との記述があった。それは量子論において無という状態は物理的にはあり得ず、「真空というのは、何もない状態ではなく、電子と陽電子が合体して打ち消しあっている状態」であり、無から有が生み出される可能性がある。それに「トンネル理論」を加えるとミクロの世界ではエネルギーが揺らいでいるため、不可能なことも起こる事例として先の文は書かれていた。村上はこんな量子論なども承知の上で、壁抜けを持ち出しているのだろうか。）

先ほどのバットは井戸の底から異空間にいるクミコの手に渡り、綿谷ノボルを殴打した形跡もあって、暗闇の中の得体の知れぬ男をも殴り殺す。それだけではない。その異空間で男にナイフで傷つけられた右の肩口に鈍い疼きを感じて主人公はこう思う。「あれは本当にあったことなんだ」、「あのナイフは現実のナイフとして僕を現実に刺したのだ」、と。二つの世界は混淆し、融解している。

どこを目指しているのかがこの第3部では分からない。ただ、確実に『海辺のカフカ』とつながるような部分は他にもある。例えば、35章のホテル・ロビーで、テレビ報道で綿谷ノボルが暴漢に襲われたことを知っての主人公の感慨である。

（……）時計は十一時半で止っている。それは僕が井戸にもぐった時刻であり、同時に綿谷ノボルが赤坂の事務所で誰かにバットで殴られた時刻だった。

あるいは僕が本当に綿谷ノボルをバットで殴ったのだろうか。

深い真暗闇の中にいると、それもひとつの理論的な「可能性」として存在するような気がした。実際の地上では、僕が綿谷ノボルを実際にバットで殴って重傷を負わせたのかもしれない。**そして僕だけがそれに気づいていないのかもしれない。**僕の中の激しい憎しみが僕の知らないうちに勝手にそこまで歩いていって、力を振るったのかもしれない。**いや、歩いていったわけじゃないぞ**、と僕は思った。赤坂まで行くには小田急線の電車に乗り、新宿で地下鉄に乗り換えなくてはならない。自分でも知らないうちにそんなことができるだろうか？　それは不可能だ――そこにもう一人の僕が存在しないかぎり。（第3部35章、ゴシック原文）

これはそのまま『海辺のカフカ』につながる村上作品独自の論理であろう。高松にいるカフカ少年が、同時刻に東京でジョニー・ウォーカーを殺して血を浴び、いつの間にか高松に戻っていると錯覚する状況を、引用文は村上の小説では可能だと訴えるのだ。こうした傾向は深層意識などというものではなく、単純に願望、もしくは性癖というべきものである。それは一九八一年に発表された「カンガルー通信」（『中国行きのスロウ・ボート』所収）に、「僕は同時にふたつの場所にいたいのです。これが僕の唯一の希望です。それ以外には何も望みません」とか、「世界の支配者になりたいわけでもないし、天才芸術家になりたいわけでもない。空を飛びたいわけでもない。同時にふたつの場所に存在したいというだけなんです」と書かれる願望の延長線上にある。

39章では、「二種類の異なったニュース、何処かに消え去ったもの」との章題で、小説内の現実世界で起きた別の出来事が書かれている。綿谷ノボルは長崎での講演会後に脳溢血で倒れ、意識不明となっている。主人公は自分に言い聞かせる。「あれはあの世界のニュースに過ぎなかったんだ。僕は現実にこの世界で綿谷ノボルをバットで殴ったわけじゃない」、と。

筆者が混乱というのは、もはや収拾のつかない次のような文章が来るからだ。

僕があそこで殴り殺したものと、綿谷ノボルの昏倒のあいだには、必ず何か相関関係はあるはずだった。僕は彼の中の何かを、あるいは彼と繋がりのある何かをあそこでしっかりと殴り殺した。おそらく綿谷ノボルはそれを前もって予感し、悪い夢を見続けていたのだ。でも僕のやったことは綿谷ノボルの命までは奪えなかった。綿谷ノボルはあと一歩のところで生き残ってしまった。僕は本当はあの男の息の根をとめなくてはならなかったのだ。それでクミコはどうなるのだろう。綿谷ノボルが生きている限り、彼女はそこから抜け出すことができないのだろうか。その意識のない暗闇の中から、綿谷ノボルはまだクミコに呪縛をかけ続けているのだろうか。

（『ねじまき鳥クロニクル』第3部39章）

幻想世界での行為――暗闇で何者かをバットで殴り殺す行為――が、小説内の現実世界における綿谷ノボルに何らかの作用を及ぼすということを村上はここで言いたかったのであろうが、それは先に触れた中国映画『ゴッドスレイヤー　神殺しの剣』における相関関係ほどには説得力を持たない。それは村上の手法が招いている必然でもある。次々にスポンテニアスに奔出するダークファンタジー風の場面によって、合理的な説明はつかなくなっている。暗闇の中で西瓜のようにバットで頭を叩き割った（＝殺した）と何度も書きながらも、息の根を止めていなかったと主人公は嘆息するのである。

そもそもの話で、『ねじまき鳥クロニクル』は第1部・2部も含めて、ダークファンタジーとしては悪としての綿谷ノボルの造形が弱いのである。幾度か説明される綿谷ノボルの凶暴さは主人公が彼を殺さなければならないほどのものとはとても感じられないのだ。

ている。

暴力性以外のダークファンタジー的要素と「文学的撒き餌」

ストーリーラインとして中心となっているのは、やはり第3部で初めて登場してきたナツメグと主人公による癒しの場面ということになるだろう。ただし、その内実はダークファンタジーに通じるものとなっている。

ナツメグによって癒しの後継者としてスカウトされた主人公は、早くも6章において「人工的な暗闇」をもたらすゴーグルをつけ、客を迎える。それは「意識の娼婦」と自称していた加納クレタと同じ仕事となる。主人公は女性客の視線を感じるのだが、同時に頬のあざがかすかに発熱しているのを感じる。女性客はあざに指をつけ、さらに舌をあざの上につける。その舌は「いろんな強さで、いろんな角度で、いろんな動きで、僕のあざを味わい、吸い、刺激した」。それによって主人公は射精に至る。

主人公に自覚はないものの、あざによって癒しの仕事をしたのである。その前任者はナツメグだった。ナツメグの語る癒しの仕事の始まりは、暴力性の場面と対応するようなダークファンタジーの要素を潜めていた。21章になってやっと経緯がナツメグから主人公に話される。

デザイナーとして成功したナツメグは夫の死後、服飾デザインに対する情熱が消えてしまうのだが、それと引き換えに、偶然から新たな特別な能力が自らに備わっていることを自覚する。それはナツメグに支援を続けてくれた大手デパート経営者夫人に依頼され、特別な衣装をコーディネートしていた時のことだった。仮縫いを待っている際、夫人は突然頭を抱え、床にしゃがみこんだ。ナツメグは反射的にその恩人のこめかみを手でさすった。ナツメグはそこに何かの存在を感知したのである。

どうしていいか戸惑うナツメグは、「それが本来の彼女の世界であり、そしていろんな意味で永遠に失われてしまった世界だった」ものを思い浮かべる。『ノルウェイの森』などにおける欠損を思わせる文章だが、ここではそれはモチーフやテーマであったりはしない。新奇な場面を作るための手段に過ぎない。想起されたのは、主任獣医の娘として暮らしていた頃の新京動物園の世界である。すると夫人の激しい頭痛は去ってしまっていた。

一ヶ月ほど後に、ナツメグはその夫人に呼び出され、再度こめかみに触るように依頼される。前と同じように、そこに何かをナツメグは感じる。「ナツメグは意識を集中しそのかたちをもっと具体的に探ってみようとした。しかし彼女が意識を集中すると、その何かは身をよじるようにするりとかたちを変えた」。それは生きていたのである。ナツメグが新京動物園に思いを馳せると、その何かは弱まっていくらしいのだ。

このナツメグの癒し行為は主人公の場合より、一層ダークファンタジーめいている。いや、むしろ村上はナツメグという女性の人生全体をダークファンタジーの世界としている。ナツメグの夫はホテルの部屋で殺されていたのだが、内臓のすべてが体から切り取られ、「首は胴体から切断されて、便器の蓋の上に正面を向けて載せられていた。その顔は刃物で切り刻まれていた」。この事件の真相がその後、明かされるわけではない。

村上は何かのメタファーとして登場させているのかもしれないが、筆者にはテーマが存在しない現在の村上にとってはひたすら新奇な場面を設定することに執心しているとしか思えない。ダークファンタジーの世界を作るために、物語は延々と語り継がれる。

ダークファンタジーはエンターテインメントよりも一層現実からかけ離れた設定を必要とする。ただ、同時にそれは「文学的撒き餌」ともいえる装いをしている。

例えば、シナモンであろう5章、12章の少年である。感性の鋭い少年はねじまき鳥の鳴き声を聞き、深夜、死体らしきものを埋める二人の男たちを見る。そして、観覧車からもう一人の自分を見ることになった『スプートニクの恋人』のミュウが思い出される次のような場面がすぐさまやってくる。

自分の布団の中に誰か別の人間が寝ているのを少年は発見する。布団を剥いでみると、そこに寝ているのは彼自身だった。少年は大声で叫ぼうとするが、「彼の口からは、ひとかけらの音も出てこなかった」。眠っている方の自分は起きようとしないので、仕方なく、もう一人の自分を脇に押しやってベッドの端に自分の体を押し込んだ。「なんとかここに自分の場所を確保しなくてはならない。そうしないと自分はこの本来の世界から押し出されてしまうかもしれない」。

翌朝、少年が目を覚ますと、ベッドの中央に自分一人がいる。そして次の文章が来るのだが、筆者にはダークファンタジーぽい場面にふさわしい文章だとしか感じない。ただ、「文学的撒き餌」の要素が強く、そこに深い意味を求めようとする評者が出ることも否定できない。

でもやはり何かが違う。まるで自分がべつの入れ物に入れられているような気がする。自分が自分のその新しい身体にうまく馴染んでいないことがわかる。そこには何かもともとの自分に相いれないものがあるように感じられる。少年は急に心細くなって、「お母さん」と呼ぼうとする。でもその言葉は喉から出てこない。彼の声帯はそこにある空気を震わせることができない。まるで「お母さん」という言葉そのものが世界から消え失せてしまったみたいに。でも消えたのが言葉ではないことにやがて少年は気づく。

（『ねじまき鳥クロニクル』第3部12章）

メタファーにメタファーを重ね、パラフレーズを重層化してくる村上の文章は、もともと何を言いたかったのかが不分明となる。繰り返し村上が言うのは、提示される場面や人物は読者が自由に解釈してもらっていいというものだ。意味を求めることの拒否も村上は口にしている。

確かに、急に話せなくなった子供にどのような経験があったかは小説や映画のテーマとして取り上げられやすい。しかし、村上がそうしたテーマを追求しようという意図で小説を書いているのでないことは確かである。

「文学的撒き餌」と見られる文章は、村上春樹の癖ともいうべきものとなっており、随所に見られる。シナモンだけでなく、ナツメグやその父である獣医にも認められる。

夫の残忍な殺され方や、洋服のデザインに対する激しい情熱が生まれ、消えていったこと、シナモンが話せなくなったこと、癒しの仕事をするようになったことを踏まえてナツメグは次のような感慨にふける。「まるで遠くからのびてくるものすごく長い手のようなものによって、自分がしっかりと支配されているみたいな気がするのよ。そして私の人生というのはそのような物事を通過させるための、ただの都合のいい通り道に過ぎなかったんじゃないのかって」（『ねじまき鳥クロニクル』第3部25章）。最後の感慨などはそのまま『1Q84』のリーダーがレシヴァ（＝受け入れるもの）であることそのものであろう。

何か深い思考に誘うかと思えるこうした「文学的撒き餌」はナツメグの父である獣医にも認められる。なぜなら、自身が勤務する新京動物園の動物を殺され、次には中尉が連れてきた中国人が殺害される現場に立ち会わされて獣医が深刻な思いに捉われるのは当然だからである。「文学的撒き餌」として効果的なのだ。

（……）彼は生まれてこの方、自分が何かを主体的に決断しているという実感をどうしても抱くことができなかった。彼は自分が常に運命の都合どおりに「決断させられている」と感じていた。たとえ今度こそ何かをうまく自分の自由意志で決断したと思っても、あとになって考えてみれば、実際には外部の力によって自分があらかじめ「決断させられていた」ことを思い知らされるのが常だった。

（『ねじまき鳥クロニクル』第3部28章）

ナツメグとその父である獣医は共通して、「自分という人間は結局のところ何かの外部の力によって定められて生きているのだ」という運命観に捉われている。ただ、村上がこうした人間を深く描こうとしているのでないことも確かなのだ。二人の人生の変転する様を描くことの方にこそ重点が置かれており、この「文学的まき餌」がそれ以上に深められることはない。テーマとしてそれを探求しようという気持ちは現在の村上からは消えているように思える。

第五章　『海辺のカフカ』について

前章で検証したように、『ねじまき鳥クロニクル』ではダークファンタジーと解すべき場面が多く見られた。本章ではもはや文学ではなく、作品全体がダークファンタジーとなってしまったのではないかと思われる『海辺のカフカ』について考えてみる。そう断言せざるを得ないのは不必要に怪異な、あるいは残虐な場面が設定され、小説内の現実世界と幻想世界がもはや区分されておらず、一体化しているためである。そして新たに、作中の自作解説が多くなっていることも大きな特徴である。

もちろん、評者によって文学と解説するケースもあるが、それは筆者が「文学的撒き餌」と呼ぶ部分に引きずられてのことであり、それがテーマとして作品中でどの程度探求されているかが検証されなければならない。

自ら語るように、テーマめいたものを重視する姿勢は現在の村上にはなく、ひたすら物語の面白さに傾注する志向性がはっきりしてきた。最後には曖昧になってしまうが『ねじまき鳥クロニクル』にはまだテーマらしきものと格闘する姿が垣間見えたものの、『海辺のカフカ』はテーマと見紛うようなものがあっても、度重なるメタファーやパラフレーズの重層化というレトリックに呑み込まれてしまっている。

なぜダークファンタジーなのか（1）　偶数章の場合

この作品は奇数章の田村カフカと名乗る少年の物語と、戦時中疎開していた場所での小学生集団昏睡から頭を空っぽにして戻った中田少年から始まる偶数章の物語という二つのストーリーラインで進行する。『ねじまき鳥クロニクル』が四つか五つのストーリーラインから構成されていたのと比べればとてもシンプルだとも言える。

しかし奇数章と偶数章のそれぞれが、小説内の現実世界と幻想世界が入り混じるというか、一体化している点にそれまでの作品とは大きな違いが見られる。第二章で見たように、『ダンス・ダンス・ダンス』では小説内の現実世界と幻想世界は明確に区分されていた。夢や、現実世界から侵入することで幻想世界は小説中にやっと登場することができた。前章で見た『ねじまき鳥クロニクル』ではごく一部に二つの世界が溶け合うような部分はあった。

この作品では第5章あたりまで、『海辺のカフカ』の翻訳は手掛けていないものの『ノルウェイの森』や『1Q84』のBOOK1、2などの訳者であるジェイ・ルービンの言葉を借りるなら、「写実小説の伝統的手法を受け入れているように見え」ながら、その後の「超自然現象に遭遇する場面」の多さに驚嘆するということになる（『ハルキ・ムラカミと言葉の音楽』）。特に偶数章については、第2章、4章、8章はアメリカ陸軍情報部報告書という体裁で現実味が意識されている。

第6章、10章ではシニアとなったナカタさんが猫と言葉を交わせる存在となっており、東京の中野区が舞台ながら牧歌的なファンタジーと言って良い内容となっている。言葉の通じない縞猫がいたり、それを通訳してくれる魅力的なシャム猫がいたりとまさにファンタジーである。

第12章では、野外実習の引率に当たっていた女性教師から中田少年を含む子どもたちの集団昏睡事件の真相が明らかにされる。当初は謎とされた集団昏睡もいわば謎解きがなされ、ここまでは牧歌的なファンタジーが挟まれてはいるが、リアリズムで通る展開である。しかしナカタさんをめぐる物語は14章、16章で大きく様相を違えることになる。ジョニー・ウォーカーの登場である。この人物の設定こそがダークファンタジーの始まりである。

ジョニー・ウォーカーは猫を殺して魂を集め、それを使って特別な笛を作るのが自分の使命だとナカタさんに告げる。16章には残虐な場面がやってくる。ナカタさんの眼の前で、彼は猫の腹をメスで切り裂き、心臓を取り出し自らの口の中に放り込む。猫探しを仕事にしているナカタさんが探している猫を救うためには自分を殺せとジョニー・ウォーカーは迫る。

こうした場面設定がなぜ必要かは説明されているものの、説得力のあるものではない。一見、私たちを深い思考に誘うかに思える「現実から目をそらすのは卑怯もののやることだ」とのフレーズも、村上特有の「文学的撒き餌」であるに過ぎない。暴力性に引き寄せられるのは、村上自身がそうしなければ物語が進展しないのだという趣旨を述べており、それ以上の理由を見出すべきではない。

村上がホラー映画をかなり昔から見ていることは川本三郎との共著『映画をめぐる冒険』（一九八五年）において『悪魔のはらわた』や『悪魔のいけにえ』、『悪魔の棲む家』を担当していることからも窺えるが、そうした記憶の集積として猫殺しの残忍な場面は続く。耐えきれず、ナカタさんは大型のナイフをジョニー・ウォーカーの胸に根元近くまで突き立て、それを引き抜いてもう一度思い切り突き立てる。血を流しながらジョニー・ウォーカーは高笑いをし、倒れても笑い続け、やがて笑いは嗚咽となり、口から血をどっと吐き出す。『ねじまき鳥クロニクル』でもギター弾きの男はバットで殴られても笑い続ける場面があったが、これらはホラー映画で見られる定番である。

小説としてダークファンタジーの印象をさらに深めるのは、そこで意識を失ったナカタさんの手には血はついておらず、倒れた場所も移動している一方で、遠く離れた高松の神社で気を失ったカフカ少年の手とTシャツには血のりがついていたという場面故に、である。これ以降、小説内の現実世界と幻想世界を区分することが必要ないような場面が次々にやってくる。

ナカタさんは猫との会話はできなくなってしまい、その代わりに予知能力が身について、イワシとアジが雨みたいに空から降ってくると予言したり（18章）、ヒルの落下（20章）や雷の襲来（32章）まで予言したりする。それればかりか、川本三郎が書評で慨嘆した「なぜか」という行動をナカタさんは意思ある人間のようにしていく。

途中で気のいい星野青年と出会い、彼の好意に甘えてどこに行くかは分からないものの、とにかく大きな橋を渡って四国に入り、さらに西へと向かっていく。そして最終的には、なぜかカフカ少年が身を寄せていた甲村記念図書館で佐伯さんと出会うことになる。すべてが川本の言うように「なぜか」そうなっていくのである。こうした展開は前章で見た『ゴッドスレイヤー　神殺しの剣』における「なぜか」という場面の頻発と相通じるものであろう。

リアリズムの世界にいるはずの星野青年も本人の意思とは関係なく幻想世界に呑み込まれていく。ポン引きのカーネル・サンダーズとの出会いが始まりである。二人のやりとりはユーモアあふれるものだが、そのストーリー上の展開はダークファンタジーにふさわしいものとなる。何しろ、ナカタさんの死後には星野青年が猫語を理解するようになってしまうのだから。

カーネル・サンダーズは、やはりここでもなぜかナカタさんの探している「入り口の石」のありかを知っており、それを持ち帰るように星野青年に指示をする。さらにはなぜか星野青年の携帯電話に電話をしてくる。そもそも教えていない電話番号をどうして知っていたのか、また電源を切っていたはずの携帯電話がどうして鳴るのか。すべての「なぜか」を打っ遣って物語は進展していく。

偶数章においてジョニー・ウォーカーに匹敵するほどグロテスクの装いを帯びるのは、死んだナカタさんの口から這い出してくる、全長一メートルほどの白く細長い物体である。この気味悪さは前章でも触れたが、『ねじまき鳥クロニクル』において、主人公の夢の中でギター弾きの男が自らの皮膚をナイフで剥ぎ落とし、その皮膚が主人公の体に這い上がってくるというホラーまがいを思い出させる。今回は夢という幻想世界のことでなく、小説内の現実世界で星野青年に体験される点でよりダークファンタジーっぽくなっている。

また、その気味悪い異物を星野青年が大ぶりな包丁で何度もなんども切断する様は、執拗にギター弾きの男をバットで殴り続けた、やはり『ねじまき鳥クロニクル』の主人公を思わせる。これらの場面は何らかの象徴、意味あるものなのではなく、激しい暴力性の奔出というダークファンタジーの特徴であるに過ぎない。その種の漫画では戦いの最中、主人公が敵の体や首を切り落とすような場面は常套である。そこに象徴的な深い意味があるわけでなく、ただ刺激の強い場面を出したいという作者の意図があるに過ぎない。

なぜダークファンタジーなのか（2）　奇数章の場合

早い段階でダークファンタジーと捉えるべき場面が頻出する偶数章だけでなく、ほぼリアリズムで進行するカフカ少年が主人公の奇数章でも、小説内の現実世界と幻想世界は混交していく。大きな括りとしてはカフカ少年と佐伯さんの関係性において、いまひとつは、村上が『世界の終りとハードボイルド・ワンダーランド』の「世界の終り」部分の延長線上だという森の中の町が登場する点において。

佐伯さんが関係する幻想場面は、すでに検証した『ねじまき鳥クロニクル』と同じ手法で頻出する。甲村記念図書館で寝泊りすることになったカフカ少年の前に十五歳の幽霊の少女が現れるのだ。真夜中に何かの気配で目を覚ましたカフカ少年は、机の前に座って頬杖をつき、壁の方を見つめている少女を認める。

その少女が〈幽霊〉であることが僕にはわかる。まずだいいちに彼女は美しすぎる。顔立ちそのものが美しいということだけじゃない。彼女ぜんたいのありかたが、現実のものであるにはあまりに整いすぎているのだ。まるで誰かの夢の中からそのまま抜け出てきた人のように見える。その純粋な美しさは僕の中に、哀《かな》しみに似た感情を引き起こす。それはとても自然な感情だ。でも自然でありながら、普通の場所には存在しないはずの感情だ。

（『海辺のカフカ』23章）

美しすぎる女の幽霊というのは中編小説「街と、その不確かな壁」で元大佐が見て以来の、村上作品馴染みのイメージである。カフカ少年は、その少女が十五歳の時の佐伯さんだと確信する。「人は生きながら幽霊となることがある」と村上はカフカ少年に言わせているが、ここで本書全体の語義として、一応の区分はしておきたい。生きた人間の場合には生き霊、死んだ人間の場合には幽霊ということになる。ここでは生きている佐伯さんの生き霊として十五歳の佐伯さんが現れている。（村上は同じ章で『源氏物語』を例に生き霊、『雨月物語』の「菊花の約」を例に幽霊の説明をしており、こうした自己解説の傾向が色濃くなったことについては後に述べたい。）

その後も十五歳の佐伯さんは真夜中に現れるのだが、そこでのただ彼女を見つめるだけの段階から、カフカ少年は大きく幻想世界に足を踏み出す。

29章では目を開いたままながら眠っている大人の佐伯さんが、真夜中に目を覚ましたカフカ少年の前に現れる。そして彼は佐伯さんの夢に呑み込まれていく。カフカ少年は、「おそらく僕の知らないどこかで、時間に関してなにかの異変が起こっているのだ。そのせいで現実と夢が混じりあってしまったのだ」と自覚しながらも、流れに身を委ねていく。

佐伯さんの夢がカフカ少年の意識を包んでしまい、そこで性交が行われることは「カラスと呼ばれる少年」の視点で、ゴシックで描写される。この仕組みは『ねじまき鳥クロニクル』よりも複雑だが、ダークファンタジーとしての手法だと理解すればありふれたこととなる。

31章でもカラス視点で、語り手だった「僕」（＝カフカ少年）は「君」として表現される。現実世界の佐伯さんが午後九時過ぎに車を運転してカフカ少年のところにやって来、彼女はカフカ少年に「あなたはどうして死んでしまったの？」と問いかける。語り手がカラスに引き継がれた時点で、佐伯さんにとってカフカ少年は二十歳で亡くなった恋人と化してしまっているのだ。カフカ少年と佐伯さんは互いが幻想の中で性交していることになる。佐伯さんは亡くなった青年と性交するのだし、カフカ少年は十五歳の佐伯さんに恋し、「彼女をとおして、あなたに恋をした」という倒錯した思いを五十歳の佐伯さんに伝える。

カラス視点の記述は33章でも現れる。佐伯さんにははっきりと承認されているわけではないものの、カフカ少年の中ではすでに自分が佐伯さんの息子であり、亡くなった恋人であり、「カラスと呼ばれる少年」でもあると認識されている。それでもなお二人は性行為へと進んでいく。カラスによって、「君はそこでべつの誰かになり、べつのなにかになる。君はべつのどこかにいる」とされる。

こうしたカフカ少年とカラスの分離に関しては解離性同一障害の傾向なのだと指摘する加藤典洋の見解がある。加藤はこの小説が一九九七年二月から五月の間に起きた神戸連続児童殺傷事件から着想されたのだと推測している（『村上春樹は、むずかしい』）。しかし、筆者には幻想世界の広がりを実現する手法の一つであると捉えた方がいいように思える。

先のカラスによる「君はべつのどこかにいる」との語法は前章で指摘したように、一九八一年の「カンガルー通信」においてすでに現れていた。「同時にふたつの場所に存在したい」と明確に述べられているのだ。つまりこの語法によれば、カフカ少年がカラスと分離することも、高松にいるカフカ少年が東京中野区で殺人を犯すことも可能になってしまう。しかしそれは、ダークファンタジーに踏み出すことによってしか納得されない設定であろう。

「入り口の石」は必要だったのか

高知県の山奥にある山小屋に身を潜めていたカフカ少年は、43章では戦時中の訓練から逃れた、もはや幽霊としか思えない二人の兵士に案内され、あの「世界の終り」にあった森の中の小さな町に到達する。

小説内の現実世界から幻想世界に移動するのは、『ねじまき鳥クロニクル』にあっては井戸の底に降りることがその手段となっていた。『海辺のカフカ』ではその役割を果たすのは「入り口の石」ということになるのだが、そう理解することが不要なほど、小説内の現実世界はむしろ幻想世界に呑み込まれてしまっている。カフカ少年が生き霊として十五歳や五十歳の佐伯さんと出会うどころか、セックスまでするといった場面がそうであるし、星野青年が出会う、何にでも変幻自在だというカーネル・サンダーズがそうである。いや、それらにも増して残虐なジョニー・ウォーカーの登場は村上自らこの小説がダークファンタジーだと宣言しているようなものであろう。

つまり、「入り口の石」はナカタさんや佐伯さんが重視するほどには読む側にとっては重要なものとはなっていない。ただ、村上なりのストーリーの辻褄合わせには必要だったかもしれない。奇数章と偶数章共通にこの「入り口の石」は一定の役割は果たす。もちろん、通常の感覚からすれば恣意的にとしか思えない場面設定としてだが。

ナカタさんは24章になってやっと大きな橋を渡って四国、それも高松までやって来た目的が「入り口の石」を見つけることだったと星野青年に告げる。ナカタさんは常にその場になってみて初めて行動の意図が分かるという特性を有する人物である。恣意的なストーリー展開にはまさにうってつけの人物である。

32章ではまことに都合よく、頭の中が空っぽになったはずのナカタさんは急に記憶が戻り、普通だったら可能となる人生を語りだす。そして自分が「入り口の石」を必要としたのは、かつて何かの拍子で蓋が開いて中に入り、そこから出てきた人間だからと言うのだ。その出入りによって猫と話すことができ、空からイワシやアジ、ヒルを降らすこともできたし、雷を呼ぶこともできた。けれどもそこからなぜジョニー・ウォーカーが出現するのか、「入り口の石」を探してそれを開ける使命感を有することになったのか、そもそもその石がなぜ四国にあるのかなど説明されないことは数多い。

村上の物語観・小説観についてはすでに第一章や第四章において、本人の発言をもとに確認してきたが、恣意的な偶然がなければ物語は進展しないし、そこに整合性を求めることもしないというのが村上の身上だった。したがって、私たちの現実から、あるいはそれを合理的に理解したいという気持ちから遠く離れたところに村上の小説はある。

さて、そのナカタさんは例によって、道に迷った果てに偶然辿り着いた甲村記念図書館が最終目的地だと分かり、佐伯さんと運命的な出会いを果たす。佐伯さんもなぜかナカタさんがやって来るのを予感しており、彼女が十五歳の時の恋人が描かれた絵の中にナカタさんもいたのではないかとまで言う。

ジェイ・ルービンですら、「二人がどうやってこれだけのことを知りえたかは説明されない。私には作為的に思えるが、村上は気にならないようだ」（『ハルキ・ムラカミと言葉の音楽』）と書いている。それほど恣意的なのだ。筆者にとっても運命的と書きながらも、村上が「入り口の石」が奇数章と偶数章を結びつける鍵と考えているとは察するものの、二人が出会うまでの必然が作品中のどこかにあったとはとても思えない。

二人の対話は作品全体の謎ときの側面もあるが、「入り口の石」に関しては佐伯さんによってまずカフカ少年に語られている（25章）。

佐伯さんは十五歳の時、もうこれ以上幸せにはなれないと分かって、「時の流れのない場所」に入ってしまいたいと願った。そのための入り口を見つけようとした。「この部屋を訪れる少女はおそらく入り口の石を探し当てることができたのだ、と僕は思う。彼女は十五歳のままべつの世界にとどまり、夜になるとそこからこの部屋にやってくる」、とカフカ少年は受け止める。そして最も幸福だったその時期の、恋人の少年が描かれた「海辺のカフカ」と題する絵を見つめるのだ、と。ここの部分は「街と、その不確かな壁」にあった「君」によって作られた純粋性の世界そのものだが、ホラーめいた印象が残ることが違っている。

唐突に、ナカタさんは「あなたは入り口の石のことをご存じなのですね」と初対面の佐伯さんに問う。それに応え、佐伯さんは昔、あるところでそれに出会い、「入り口の石」を開けてしまった。佐伯さんはそのことで世界に歪みを生じさせ、結果的にナカタさんが殺人を犯すことになってしまったとまで語る。

こうしたやりとりの中で、多くの評者たちが迷い、様々な見解を生み出す次のような文章が来る。

「（……）ナカタは中野区でひとりのひとを殺しもしました。ナカタはひとを殺したくはありませんでした。しかしジョニー・ウォーカーさんに導かれて、ナカタはそこにいたはずの15歳の少年のかわりに、ひとりのひとを殺したのであります。ナカタはそれを引き受けないわけにはいかなかったのであります」（『海辺のカフカ』42章）

様々な見解というのは、「そこにいたはずの15歳の少年のかわりに」という文章の解釈を、本来いるべきだったのにそこにいなかったとするか、いたはずだという過去の事実を述べているのかで違ってくるのだが、そのように解釈すること自体が無益だと筆者には思われる。村上は整合性を求めるのではなく、非整合性の方こそが物語の力だと述べているからである。高松にいるはずのカフカ少年が中野区にいるはずがないのが常識だが、幾度か言及しているように一九八一年発表の「カンガルー通信」に窺える村上の感性からは、そのような議論すること自体が無駄なことなのだ。すべてが可能なのだから。

同じく、この引用文でナカタさんが殺した「ひとりのひと」がジョニー・ウォーカーでなくカフカ少年の父親だったとも作品を読む限りでは、整合裡には確定できない。凶暴なジョニー・ウォーカーが父親のメタファーとして登場していると村上は読者に読ませたいのかもしれないが、父親の凶暴さが伝わってこないからだ。それは『ねじまき鳥クロニクル』で綿谷ノボルが一向に凶暴だとは感じられないのと軌を一にしている。

21章でカフカ少年は大島さんに対してオイディプス王が受けたのと同じ呪いを父親からかけられており、その父親は「自分のまわりにいる人間をすべて汚して、損なっていた」と話すのだが、それだけでは凶暴さが伝わってこないのだ。結局、村上得意の語法、父親が「とくべつななにかと結びついていた」、そして「善とか悪とかいう峻別を超えたもの」だという曖昧化が図られてしまう。

佐伯さんはカフカ少年に語った十五歳の時の、恋人を失わないために「入り口の石」を開いたことをナカタさんに対しても語るのだが、そこからの佐伯さんの語りは奇妙なことに、『ねじまき鳥クロニクル』の加納クレタやクミコと似たものとなる。二十歳の時に恋人を失って、空虚な生を送ったというのだが、

「深い井戸の底で一人で生きているようなもの」と形容される時期もあれば、「何もかも受け入れ」る時期もあった。そして多くの男と寝たこともあると私たちが幾度か読んできた文章が披露される。ただし、その詳細が語られることはない。

後退する「世界の終り」の意義

ところで、この「入り口の石」と「世界の終り」はどのように関連するのだろうか。これから述べるように、カフカ少年が森の中で二人の兵士に案内されて到達する小さな町は、まさしくあの「世界の終り」と同一のものである。一方、佐伯さんにとって、「入り口の石」を開けることは「世界の終り」という純粋性の世界に留まることを意味していたようには読める。42章のナカタさんとの対話で、十五歳の時の恋人を失わないために、「外なるものに私たちの世界を損なわせないために、何があろうと石を開かなくてはならない」と心を決めたのだと佐伯さんは語り、その報いを受けたとも語る。もう一度「入り口の石」を開けることで自らの人生を終結するという道筋は必ずしも理解し難いとは言えない。

ただ、明確に寓意性を感じさせる「街と、その不確かな壁」や『世界の終りとハードボイルド・ワンダーランド』に比べれば、寓意性の効果は薄い。つまり、文学としての深さには欠ける。なぜなら、先にも挙げた、死んだナカタさんの口から出てきた一メートルほどの白い異物が、星野青年が開けた「入り口の石」に入り込もうとするからだ。星野青年のその異物退治にページを費やすこと、その場面をしつこく書くこと自体が村上の目的となってしまっている。もはや「入り口の石」の向こう側にある世界の寓意性よりも、その暴力性の場面のほうが目的化しているとも読める。ダークファンタジーにふさわしい奇異な場面の方が優先されているのだ。

ナカタさんと佐伯さんの二人には、もっぱら「入り口の石」ばかりが強調され、その先にある「世界の終り」が具体的に描かれてはいなかった。カフカ少年の場合には、森の中を進んで明確に「世界の終り」というべき世界に入っていく。

森そのものがカフカ少年には次のように感受されている。

（……）ここにある森は結局のところ、僕自身の一部なんじゃないか——僕はあるときからそういう見かたをするようになる。僕は自分自身の内側を旅しているのだ。血液が血管をたどって旅するのと同じように。僕がこうして目にしているのは僕自身の内側であり、威嚇のように見えるのは、僕の心の中にある恐怖のこだまなんだ。

（『海辺のカフカ』43章）

ここに見える原理は、「街と、その不確かな壁」の「君」がその世界を生み出していたのと同じものである。ただし、その作品では明確な寓意性として伝わっていたことに比べれば、カフカ少年がやがて到達する世界はこれまで触れてきたダークファンタジーの要素の中に埋もれてしまうことになる。

カフカ少年は戦時中に逃亡した二人の兵士に案内されて、特に「入り口の石」があるわけではないが、なぜか開いている入り口から「世界の終り」に向けて出発する。

尾根から長い急な坂道を半分ほど下り、森を抜けるとその小さな町めいた空間がある。二人の兵士に出会うまでは小説内の現実世界にいたはずのカフカ少年は、その幻想世界の町で家を与えられ、そこで十五歳の佐伯さんに会う。時系列的でいえば、大人の佐伯さんはナカタさんと対面後、すでに亡くなっており、その少女は幽霊ということになるが、こんな合理的思考に意味はない。カフカ少年が必要とするなら、彼女はそこにいるとされているからだ。森自体がそうであったように、すべてがカフカ少年の意識によってもたらされている。こうした展開は第二章でも指摘したが、『騎士団長殺し』で「地底の世界」を彷徨っている主人公が行動するのに合わせてすべてが形成されていく原理と同種のものである。

したがって、十五歳の佐伯さんに代わって大人の佐伯さんが——当然、幽霊として——カフカ少年の前にやってくることも、起こり得ることなのだ。カフカ少年が望めばすべてが実現する。そこで佐伯さんが彼に元の世界に戻るように説得することもダークファンタジーとしてはあり得ることながら、その論理を私たちが理解できるかといえば、とてもついてはいけないだろう。

奇想であったり、恣意的としか言えない場面設定や展開であったりは、もはや『海辺のカフカ』というこの作品では驚くには当たらない。そんなことを当然として楽しめば、これほど独特で多彩なプロットの入り混じる小説は稀有と言っていいだろう。その分、村上自身が「世界の終り」の延長線上にあると語る森の中の小さな町は、たぶん、その役割を果たしているとは言えない。

あの「街と、その不確かな壁」においてすら、そこが質素な、時の流れのない空間であることは具体的に叙述され、そのことで寓意性がしっかり読む側に伝わった。45章、47章で紹介されるその世界は質素で時間の流れから弾き出されているという点は同じながら、あまりのプロットの多彩さ、多様な場面設定のため、そして多くが恣意的であることも手伝って、全49章の中で見ればわずか2章分でしかないという量的な観点からも埋もれてしまっている。

そして致命的なのは、物語を引っ張る鍵として創出した「入り口の石」が「世界の終り」とまったく有機的に絡み合っていないことである。ナカタさんの頭が空っぽになった集団催眠や、多くの男とも寝たという佐伯さんの人生遍歴はそれぞれに文学としての深さを究めていける素材であったと思われるが、様々なエピソードが継続していかない。「文学的撒き餌」に止まっている。

最後に一例だけ、示しておきたい。12章は小学生の野外実習に付き添った女教師が集団昏睡事件の真実を後年、担当した医師に手紙で伝える内容である。小学生の中田君に自らが暴力を振るう以前に、彼を観察した際の感触である。

もうひとつ、私はそこに暴力の影を認めないわけにはいきませんでした。彼のちょっとした表情や動作に、瞬間的な怯えのしるしを感じることが再三ありました。それは長期間にわたって加えられてきた暴力に対する、反射的な反応のようなものです。その暴力がどの程度のものであったのかは、私には知りようもありません。彼は自制心の強い子どもであり、私たちの目から巧妙にその「怯え」を押し隠しておりました。しかし何かがあったときの、かすかな筋肉のひきつりまでを隠しきることはできません。多かれ少なかれ家庭内での暴力があったに違いないというのが、私の推測でございます。

（『海辺のカフカ』12章）

これが典型的な「文学的撒き餌」である。集団昏睡事件の前までは優秀な子供だったナカタさんは、こうした複雑な怯えを有した人間だった。ではどのような家庭だったかまでこのテーマを深める形では小説は進展しないのである。このように発展させるのでなく、人生の複雑さ、深さを求める気持ちもなく、ただ断片としてばら撒くという手法で「文学的撒き餌」はそこかしこに見られる。

作中における自作解説

大変な読書家である村上春樹はこれまでにも多くの、意外と思えるような著者名・書名を作品中に出してきた。『風の歌を聴け』では概ね名前だけだが、モリエール、ミシュレ『魔女』、カザンザキス、ロマン・ロラン『ジャン・クリストフ』――すべてちょっと口に出したといった体のものだった。それに比べれば、『海辺のカフカ』ではこれまでにないほど数多くの作品名が出され、その内容にまでかなり立ち入って説明を加えている。そしてそれぞれストーリーの進行に必須のものとしての役割を振られている。それは第一章のテーマだった剽窃とは異なり、引用・参照文献を明示した上での言及である。

プラトンの『饗宴』、バートン版『千夜一夜物語』、夏目漱石の『坑夫』、カフカの『流刑地にて』、アイヒマンの裁判、シェークスピアの『マクベス』、そしてすでに触れた『源氏物語』と『雨月物語』である。先にも少し触れたが、23章では『源氏物語』と『雨月物語』は生き霊と幽霊が村上の作品に頻出することの解説ともなっていた。両作品はそれぞれの時代において人々にはリアルに感じられていたと納得がいくものの、それを村上のように現代小説に持ち込むとどうなるのだろう。この観点は現在の村上の文学的な評価に関わるものであり、終章で考察することとしたい。

ここでは村上が『ねじまき鳥クロニクル』で大きく踏み出した幻想性の世界がどのように肯定されているかを確認するに止めたい。23章で大島さんは十五歳の佐伯さんの幽霊を見たと主張するカフカ少年に、

『源氏物語』の六条御息所の生き霊が光源氏の正妻、葵の上に取り憑いて死に追いやる話をする。注目すべきは六条御息所にはその自覚がないことである。葵の上の祈祷に使われていた護摩の匂いが衣服についていたことでそれを知るのである（正確には「護摩」、すなわち祈祷の際に燃やす火に焼いた芥子の匂い）。村上は大島さんに、「彼女（六条御息所）は自分でも知らないあいだに、空間を超えて、深層意識のトンネルをくぐって、葵の上の寝所に通っていたんだ」と説明させている。さらに外部の闇と心の闇について、フロイトやユングが深層意識に分析の光をあてる以前、紫式部の時代にはその二つは一体のものだとされていた。エジソンによって外部の闇はなくなったが、心の闇は残っている。「僕らが自我や意識と名づけているものは、氷山と同じように、その大部分を闇の領域に沈めている。そのような乖離が、ある場合には僕らの中に深い矛盾と混乱を生み出していることになる」（『海辺のカフカ』23章）、こう大島さんは説明したのである。これは村上の現在の小説観であり、彼が地下二階と表現するものであろう。深層意識とも解されるその部分では第三章でも言及したが、『色彩を持たない多崎つくると、彼の巡礼の年』の主人公のように、自らは自覚がないのに生き霊となって友人を殺したのではないかと苛まれることになる。すでに幾度か言及しているが、村上の考える物語という文脈では、「すべては自然に起こること」なのであり、「遠隔的な父殺しみたいなことも、むしろ僕の考える世界にあっては自然主義リアリズム」なのである。

こうした事情を、村上は作中でしきりに解説するようになった。作家が自作に関してエッセイやインタビューなどでモチーフやテーマ、方法を語ることは珍しくはない。しかし作中でそれをすることは、小説の方法自体がテーマとなっている作品を除けば、興ざめとなる。例えば、星野青年の前に現れたカーネル・サンダーズの言うチェーホフの言葉である。「もし物語の中に拳銃が出てきたら、それは発射されなくてはならない」というのがそれである。その意味をカーネル・サンダーズは次のように説明する。

「チェーホフが言いたいのはこういうことだ。必然性というのは、自立した概念なんだ。それはロジックやモラルや意味性とはべつの成り立ちをしたものだ。あくまで役割としての機能が集約されたものだ。役割として必然でないものは、そこに存在するべきではない。役割として必然なものは、そこに存在するべきだ。それがドラマツルギーだ。ロジックやモラルや意味性はそのもの自体にではなく、関連性の中に生ずる。チェーホフはドラマツルギーというものを理解しておった」

（『海辺のカフカ』30章）

筆者はこの説明を『海辺のカフカ』作者の自作解説と読んでしまうのだ。つまり、演劇で舞台上に現前するものはすべて役割があって、その存在は必然なものだという論理が逆転しているというのが筆者の受け止め方となる。作家によって作中に描き出された人物や場面のすべてが作品にとっては必要だったのかは厳しく検証されなければならない。本当に他の人物や場面との関連性で生かされているかは読む側にとって重要な関心事であろう。

いかに恣意的であれ、作中に登場する場面はそれぞれに役割があって、他の場面との関連性において意味を発生させる。それは作中にあまりに多いメタファーや場面がどれも登場する必然性があるとのだと弁解しているように筆者には読める。川本三郎が『海辺のカフカ』の書評で、「個々の話は面白いのだが全体につながっていかない」と書いていたように、作品全体は必然性でなく、連続する恣意的な偶然性をしか感じさせない。そうした読む側の印象を払拭するために、作中に登場する場面は必然性があるとことさらに強調しているように筆者には思われるのだ。

ジェイ・ルービンの次のような評価に筆者は賛同する。

> 『世界の終りとハードボイルド・ワンダーランド』を別にすれば、村上の長編小説は、壮大な構築物というよりは、短い物語の集合だといえる。読者をびっくりさせたり、おもしろがらせたり啓発したりするが、ばらばらの筋が結末でまとまることは稀だ。（『ハルキ・ムラカミと言葉の音楽』）

「ばらばらの筋が結末でまとまることは稀だ」とルービンが言うのは、たくさんのスポンテニアスに登場する人物や場面が最後まで必然性を感じさせないということに尽きる。

モチーフの強さでは第三章で見たように、『ノルウェイの森』に筆者は惹かれるが、構築の見事さでいえば『世界の終りとハードボイルド・ワンダーランド』が圧倒的である。文字通り小説内の現実世界におけるアクション風物語と、寓意的な中世を思わせる質素だが、問題を秘めている世界とが微妙に共鳴し合う構築は他の村上作品にはなかったものであり、そのバランスは見事なものである。

他にも作者による自作解説、もしくは弁解に聞こえることはいくつかあるが、最後に簡単に紹介できる二例を出しておこう。

26章でナカタさんは読み書きができなくなってしまった事情を星野青年に話すのだが、その際、村上は次のように書く。「それがどんなに突飛で奇矯なことであっても、星野青年は、この老人が口にすることはいちおうそのまま信じておいた方がいいような気持ちになっていた」。これは星野青年を通じて自らの望む読者像を提示したのだといえる。どんなに「突飛で奇矯なこと」であってもそのまま読者には受け入れてもらいたいという村上の願望なのだ。

43章ではカフカ少年の魂がその体を抜け出し、一羽の黒いカラスとなって、こう言う。「いいかい、それはもうすでに起こってしまったことなんだ」、と。この章では、森の中を一人で歩きながら、なぜ母が自分を置いて去ってしまったのかについて佐伯さんを想定してカフカ少年は悩んでいた。それまでには父親の暴力性を逃れたのだともされていた。その暴力性がいかなるものかは具体性をもって描かれてはいなかった。説明の収拾がつかなくなっているのである。「どんなに手を尽くしても、もとどおりにはならない。ほんとうにそのとおりだ」（傍点、原文）と終結するほか手がなくなっているのだ。これは整合裡に物語は終結しないという　村上特有の技法の代表例であろう。

終章　結局、村上春樹とはどのような作家なのか

この最後の章では村上春樹がどのような作家なのかをまず、川上未映子が訊き手となった対談『みみずくは黄昏に飛びたつ』――インタビューとして設定されたものではあるが、あえて対談とする――をもとに考えてみる。そして、第三章や五章で少し触れた『源氏物語』との関係性を再考する。これは村上がなぜあれほどまでに幻想性に踏み込んだかの解明と評価につながる。

これまで本書では『ノルウェイの森』の系譜に繋がる作品を除けば、特に長編小説においてエンターテインメント色が濃くなり、さらにダークファンタジーというべきものになっていると指摘してきた。ではその方向でなく、どのような方向に文学は期待できるのだろうか。何人かの作家を取り上げ筆者の考えを示してみたい。そして最後に、村上の念願であった「総合小説」を目指した『1Q84』をどう評価すべきかを考えてみたい。

(1) 川上未映子、大いに粘る

これまで親しい元編集者や文芸記者によるインタビューにおいても、ある場面の意味などが村上によって明かされることはなかった。暖簾に腕押しといった体で思い出せないとか、そんな意味を考えたこともなかったとか、物語が自然にその場面や人物を生み出すのだ、といった回答をしていた。もちろん、川上の問いに対しても同じことが繰り返されている。

例えば信じがたいことに、川上との対談においても『ねじまき鳥クロニクル』における主人公がバットでギター弾きの男を殴りつける暴力性の場面に関しても、村上は「バットで何か殴ったけなあ。思い出せない」（同書　第二章）とまで言っている。あまりにひどいしらばっくれようであろう。

それでも川上が粘りに粘ったことで、村上の作家としての姿勢が明らかになっている。二人のやりとりは興味深いものであり、これまで本書で述べてきたこととも関連するので見ていきたい。

物語重視とスポテニアス

村上の長編小説に関しては「シーク・アンド・ファインド」の構造が『羊をめぐる冒険』以来、指摘されてきた。（『１９７３年のピンボール』でも対象が人間でなく、ピンボール・マシンという違いはあるものの、その構造が部分的にあった。）川上も「失われたものを、もう一つの世界で取り戻す」のが村上の特徴だとし、『騎士団長殺し』に関しても十四歳で亡くなった妹との関係を主人公が「地底の世界」で直視することによって、自らのもとを去った妻との関係性を取り戻すという読みを示す。

この極めて妥当な川上の読みに対しても村上は、「たしかに、そう言われてみればそうかなと思うけど、今そうやって質問されるまで、そんなこと考えつきもしなかったな（笑）」と答えている。「わたしはいったいどうしたらいいんだろう（笑）」と戸惑う川上は、それでもストーリーラインとして少年時代に一度洞窟で妹を失ったかと思える経験をした主人公が、「地底の世界」で幻想性として妹の声を聞くことで明確なつながりがあるとの感想を繰り返す。

こうしたストーリー展開に意味を求める質問に対しては、村上は一貫して次のような返答をする。

いや、本当にそんなことは考えもしなかった。物語の流れそのものの方に頭がいってるし、その流れについていくのが大変な重労働で、それ以外のことはあんまり考えられないいんです。実際の話。考えていたら書けない。

（『みみずくは黄昏に飛びたつ』第二章）

これは現在の村上にとってごく自明の姿勢だと言える。なぜなら第一章の「剽窃とスポンテニアス」で検証したようにそれが村上の小説の方法だからである。『羊をめぐる冒険や』や『世界の終りとハードボイルド・ワンダーランド』の頃はそうした意識があったかもしれないが、今は「そういうことを意識したことがない」とも答えている。特にテーマを中心として発想するのでなく、自身の記憶のストックから自然発生的に人物や場面を取り出してくる創作術からは、意味を求めることは現在の村上の本意ではないだろう。

物語の流れそのものを重視する村上の回答を前にして、川上は「そ、そうだった、意味を見ないようにするし、その意味で足を止めたら最後なんだった」と一旦納得はするものの、さらに時間をおいて粘る。そこで川上が文学に関心を持っているのに対し、村上はそこに関心はなく物語重視しかないことが判明する。

村上は『騎士団長殺し』での「スバル・フォレスターの男」や、まりえが隠れるクローゼットの前にじっと立っている免色らしき男について、「小説的には理解できるんだけれど、意味的には説明できない」としている。これを受けてのやりとりである。（質問者は川上未映子）

――（……）「意味的には説明できないこと」がエンジンとなって、自分では絶対に意味をつかめないものが自分の中で動きだすから、物語を書く。

村上　当然そういうことになります。

――では書き終わったあとに、どこかの時点で暫定的にでも、自分のことを知ることができた、と思える瞬間は訪れるのでしょうか。「自分を知る」というのは、どこで、どんなふうに、知ったことになるんだろう。（同前　第三章）

ここで言う「自分を知る」というのは、当然ながら他人との関係性も含まれる。近代以降の自我に由来するこの川上の「文学的」ともいうべき問いに対して、村上の回答はずれていく。村上にとっての「自分を知る」は文学観ではなく文章観の方にあると言うのだ。

小説的には分かっているけれども、意味的には説明できないこと――「でも書き手としては、その部分を小説的にしっかり書ききらなくちゃいけない。この文章はあっていいのか、ないほうがいいのか、ここまで書いて、この先は書かないほうがいい、とか、そういう見切りをつけなくちゃいけないわけです。そういうくつかの決断をすること自体が、自分を知ることになる」（同前　第三章）、と村上は言うのである。

表現への強い意志であるモチーフが引き寄せるテーマをどんな人物、会話、出来事、思考によって浮上させるかという姿勢とは大きく異なるものであろう。先の「スバル・フォレスターの男」や免色らしき男に関してもその意味よりも、その場面の意外性や印象深さ、暗示の強さそのものが重視される。物語に読者をどう引き込むかが村上のテーマとなっている。全体のプロットと整合性があるかどうかといった配慮はなされない。奇妙な場面も村上にあっては伏線として回収されることはない。

川上の言う「より自分を深く知る」というような達成感は村上に簡単に否定される。ひたすら文章の選択や彫琢が実践されるものの、それはテーマを実現するためというよりは、ストーリー展開として面白いか、意外性があるかの判断において、である。記憶の抽斗にストックされた様々な魅力的な場面が効果的に出てきているかが重視される。

こうした村上の主張に川上は、自分というものは「文章の生成の中にしか存在しない」と納得する。次のような川上の結論は先に示した自らの文学性への確信を変更するようなものとなる。

自分のことを知るために書くというと、どうしても「自分自身を知る」っていう、使い古された「自分探しの旅」みたいなことに当てはめてしまうことが多いと思うんですが、そうじゃない、文章を磨きあげるというその行為の中にある一瞬、その体験こそが、小説家にとっての自分自身なのだと。小説家が自分を知るというのは、自分について書くことでもなんでもなくて、文章を研ぎ澄ます、そ

の行為そのものなのだと。（同前　第三章）

フィクションと実体験

しかし、ここではもう少し粘って考えてみたい。出来上がった作品のみでなく、そこに至る表現行為そのものに関しても川上はこの結論以前に、「何か物を書くときって、鮮烈な体験がベースにあったりしませんか」（同前　第二章）と問うているからである。フィクションであったり、多少の脚色を加えた私小説にもあったりする文学的な表現行為のことである。志賀直哉の『暗夜行路』や『和解』がすぐに思い出される。

川上も当然そのことを意識して、「例えばですよ、母と自分との関係について小説を書くとか。父親でもいいけれど。それは作家自身にとってみれば、それらの関係を克服する行為だったりもするわけじゃないですか」（同前）と投げかけるのだが、それに続くやりとりは興味深いものである。

村上　そうなの？

——例えば、の話ですよ。そんなにびっくりしましたか？　今の。

村上　かなりびっくりした（笑）。

——あ、そこですよね。その違いがあるんだ。

村上　そんなこと、まったく考えたこともなかった。（同前）

ここでのやりとりは『ノルウェイの森』がどのように成立したかを考えてみれば、明らかな操作が入っている。レティサンス、故意の言い落としである。第三章で検証したように、『ノルウェイの森』は『風の歌を聴け』では単に自殺した女子大生、『１９７３年のピンボール』では直子と名付けられた人物へのこだわりから書かれている。川上が指摘するように、その頃は治癒という表現もされていた。詳細は不明ながら自殺した人間にこだわって『ノルウェイの森』まで来た村上は、死者との関係を克服する行為として創作していた。川上の見立ては見当違いではない。村上の方が変わったのである。

先の川上の投げかけに、近年の村上は次のように答える。

主人公としての「僕」や三人称の主人公であっても、それは本当の自分ではなく、「こうあったかもしれない、仮の姿としての」自分である。人生のある時点で違う選択肢を選んでいれば、現在の村上春樹とは異なる自分であったかもしれない。そういった「もう一人の別の自分」という仮設から小説は展開されるのであって、現実の自分を反映させているのではない、という考えである。『海辺のカフカ』で十五歳のカフカ少年になったり、『騎士団長殺し』の肖像画家であったりするのは、そのような「もう一人の自分」としての虚構なのだということを力説する。

しかし、設定が事実と異なるとしても、『ノルウェイの森』にあってはそこまで三十五、六年間を生きてきた村上の現実が明らかに反映されていた。直子に死なれて一人旅に出ているのは、他でもない川上の言う「自分探しの旅」だった。もちろん、人は孤独のうちに留まることはできない。現前性を生きる人間にとって、「自分を知る」ということが他者との関係性において試されるからだ。『ノルウェイの森』の主人公にとってレイコさんや緑の存在はそのような意味を持っていた。

まったくのフィクションで構成されると主張したい村上にあっても、直子に限らない、いくつかの現実の反映が作品には見られる。

『ノルウェイの森』や『騎士団長殺し』にある傷心の主人公の一人旅は、村上自身の熊野から奈良まで寝袋を背負っての大学一、二年生時代の歩き旅を反映していた（村上春樹・中上健次対談「仕事の現場から」）。そこでは闇に紛れて何かが忍び寄ってくる気配を感じるし、地元の人が寝ている村上に食べ物を持ってきてくれる。前者は阿美寮での直子に、後者は両作品における主人公の一人旅での体験にそのまま生かされている。

闇の中の感覚は、『ねじまき鳥クロニクル』発表後のノモンハン訪問時の宿泊地チョイバルサンという町の「ろくでもないホテル」でも発揮されている。村上は入った部屋に「何かの濃密な気配のようなものの存在を感じないわけにはいかなかった」と書く（「ノモンハンの鉄の墓場」『辺境・近境』所収）。深夜、激しい揺れを村上は感じるのだが、電灯のスイッチを入れると何も揺れていないことに気がつく。揺れていたのは部屋や世界ではなく自分自身だった。「それは闇とともにどこかに去ったのだ」（同前）。

村上は川上との対談で小学校高学年や中学校の頃、「突然女の子がやってきて、僕の手をとってどこかに連れて行く」ことが数回あったと語っている。これは『国境の南、太陽の西』の島本さんと『1Q84』の青豆が小説の発端として成した行為だった。それが物語を動かしていくエンジンだった。しかし、『1Q84』にあってはエンターテインメント色が濃くなったことで、その原体験は単なる手段となってしまっている。『国境の南、太陽の西』のように強いモチーフとなって作品を支配するほどではない。

いま述べたように、村上が「もう一人の自分」としての虚構なのだと強調しても、明らかに村上自身の実体験がいくつかの作品には忍び込んでいる。第三章で取り上げた、高校・大学時代にとてもひどくガールフレンドを傷つけてしまったという悔いも無視しがたいものだと言える。それは若い時代に死を迎えた者たちとともに、強くモチーフとして村上春樹という作家の心を動かした時期もあった。

(2)『源氏物語』の作用

村上春樹が幻想性に惹かれていったのは『海辺のカフカ』に始まるわけではなかった。すでに長編第二作の『1973年のピンボール』で懐かしのピンボール・マシンを前にしての幻聴というべき対話があったし、『羊をめぐる冒険』での死んでしまった鼠の出現があった。それを経て、『ダンス・ダンス・ダンス』を転換点として幻想世界が村上にとって必須の設定となっていったことを第二章で詳述した。ただ、ダークファンタジーとしての印象が濃くなる『海辺のカフカ』までは想定できなかった。あるいは『ねじまき鳥クロニクル』での幻想世界への侵入やおぞましいまでの暴力場面は、すでにその段階に達していたとも今日からは考えることができる。それでも、当初の意図として『ねじまき鳥クロニクル』には妻との関係性を見つめ直すというテーマはあった。(そのテーマ性も『国境の南、太陽の西』に移行されてしまったのだが。)

超自然性と権力闘争

非現実であっても現実だとの確信は『海辺のカフカ』以降のインタビューではよく語られるところだが、

そこまで確信を深めていった過程では、『源氏物語』が村上に及ぼした作用を考えないわけにはいかない。因みに、村上の両親は共に国語教師であり、家庭で『枕草子』や『源氏物語』が話題となるのはごく自然なことだった。

村上に『源氏物語』が及ぼした作用がどのようなものだったかは、河合隼雄との一九九六年の対談で明らかとなっている。

村上が『源氏物語』での超自然性はその時代、「現実の一部として存在したもの」だろうかと河合に問う場面である。その時代には怨霊などはまったくの現実だったと思うと河合は答える。その後、村上は「物語の装置としてではなく、もう完全に現実の一部としてあった？」と確認を求め、河合は「装置として書いたのではない」と答えている。

村上はそこで、「でも現代のわれわれは、そういうのをひとつの装置として書かざるをえない」との心情を吐露する。そこからのやりとりはその後の村上を考える上で重要なものである。

村上　ただ、ぼく自身の感じからいくと、装置としてはじめても、ある時点で装置を越えてしまう部分があるのですね。

河合　装置としてはじめても、装置を越えなかったら芸術作品にならないとぼくは思いますね。（……）けど、このへんでこの装置を使う、という意識はあるでしょう。

村上　もちろんありますね、それを現実として信じてるわけではないですからね。

（「村上春樹、河合隼雄に会いにいく　第2夜」）

興味深いのは、怨霊など超自然性が現実と受け止められていた『源氏物語』の時代と比べ、今日ではそうした超自然性は装置としてしか使えない、と二人が確認しているにもかかわらず、壁抜けなどが装置を越えるものになってしまっている、そこに芸術性が生まれると河合が語っている点である。これは『ねじまき鳥クロニクル』を発表していた村上にとって大きな励ましとなった。と同時に、その装置（＝非現実性）たる超自然性を村上が現実として信じていないのに、意図的に使っているという本音も明かされている。もちろんそうした本音があったとしても、村上が小説家として非現実性も現実だと強弁することを矛盾だと批判するのは当たらない。作家の方法なのだから。

ここでの河合に後押しされての自信はそれ以降の作品に明確に影を落としている。第五章でも触れたが、『海辺のカフカ』では村上は大島さんに『源氏物語』の六条御息所が生き霊となって光源氏の正妻、葵の上に取り憑く場面を解説させている。「彼女（六条御息所）は自分でも知らないあいだに、空間を超えて、深層意識のトンネルをくぐって」葵の上の寝所に生き霊として出かけていた。「紫式部の生きていた時代にあっては、生き霊というのは怪奇現象であると同時に、すぐそこにあるごく自然な心の状態だった」と言うのである。もちろん、これは適切な認識であろう。では、先の河合との対談における超自然性を「現実として信じてるわけではない」、との断言は何を意味するだろうか。そのような作家の態度は、当然、読む側のリアリティが感じられるかどうかに左右する。

村上作品の幻想性は、平安時代における六条御息所の生き霊ほどにはリアリティを感じさせない。それは技巧として空転する。筆者には河合が好意的に述べた、装置を越えて芸術作品になるという見方には同意できないのだ。それは芸術性よりも、エンターテインメントとしてのストーリー展開の奇抜さを提示しているに過ぎないと思える。その点は当時の現実に密着している『源氏物語』における芸術性と大きく違っている。

『源氏物語』における超自然性とは、何と言っても「もののけ」の跳梁に尽きるだろう（「物の怪」という表記については研究者の間では、「怪」は「気配」の「け」だとの説もあり、以降「もののけ」と表記する）。六条御息所に光源氏への愛執の思いがあり、直前には賀茂祭の御禊行列に加わった光源氏の晴れ姿を見ようとした彼女の牛車は、葵の上の従者たちに押しのけられてしまっていた。ストレートに六条御息所の憎しみが葵の上に向かったのは幻想性であっても極めて納得しやすい事態であろう。

六条御息所の光源氏への愛執の思いは、彼女の死後も光源氏の正妻格の紫の上、女三宮に「もののけ」として取り憑く。かつては「女ゆえのさが」といった見方が多くあったものの、『源氏物語』全体はとてもそのような近代以降の理解に収まるものではなかった。

平安時代にあっては先の村上・河合対談にあったように、超自然性たる霊的存在の発する気が人間の心身に働きかけて変調をもたらすことを現実として受け止めていた。おそらく今日であれば、様々な関係性——夫婦や親子、友人関係——における突然の変調、例えば突然に怒り出したり、泣き出したり、体を震えさせたりしてもそれなりの合理的な理解をしようとする。少なくとも、「もののけ」が憑いたとは多くの人は考えない。

ところが『源氏物語』の時代にはそうはならない。「真木柱」の巻では髭黒の糟糠の妻、北の方が「もののけ」に憑かれ、錯乱して夫に香炉の灰をかぶせるという場面がある。私たちはこの狼藉を「もののけ」

の仕業とは考えないだろう。若い玉葛に夢中になった夫に対するストレスからの行為として了解する。一夫多妻制で通い婚が普通であった時代でも、女性の側に嫉妬の感情があったと想像できるからだ。あの時代にはそうした突発的な行動や心身の疾病に関してすべて「もののけ」の仕業だとされてしまう。

ただ、私たちの想像が十分には及ばぬ時代背景として、次のような点も注目しなければならない。それは『源氏物語』自体が、華麗な女性遍歴ばかりが強調される若き日の光源氏に留まらない内容を有しており、さらにその背後には婚姻が激しい権力闘争とつながるものだった時代の風潮があった。後者は光源氏のみならず、さまざまな登場人物の恋愛が、母方の一族が帝とどのような縁戚関係にあるかに左右される側面から窺われる。

「若菜下」の巻では壮年（四十代であるが、当時としてはあるいは老年）となった光源氏は若い妻、女三の宮を柏木に寝取られてしまう。しかも女三の宮は柏木との不義の子、薫を出産さえする。もちろんこれは、かつて光源氏が桐壺帝の皇后で、かつ自身の義母である藤壺に不義の子、後の冷泉帝を産ませた過去と照応する形で創作されている。

それればかりではない。柏木の元々の思いは強引に関係を持つ情事の六年前に遡る。女三の宮は帝が代替わりしたことで、今上帝の異母姉に当たることになった。帝との縁戚関係をどう作っていくかというのは、自らや一族の将来を左右するものであり、柏木には天皇の姉に当たる女三の宮との結婚は切望されたものだった。しかしながら女三の宮は光源氏の正妻となってしまったのである。

今日、私たちが『源氏物語』が村上作品と大きく異なると感じるのはそのリアリティにおいてである。

すでに多くの指摘がなされているように、『源氏物語』というテクストは、作中の事績、人物等の多くの側面において、歴史上実在した出来事や人物への強い配慮を示している。それは、『源氏物語』以前の物語にも、以後の物語にもほとんど見られない、独自の物語世界創造の方法である。

（土方洋一「『源氏物語』における〈物の怪コード〉の展開」『夢と物の怪の源氏物語』所収）

土方洋一は同じ論文において、具体事例についても言及している。他でもない、六条御息所についてである。「物語の中では正面から語られることのない六条御息所と光源氏の恋の内実は、京極御息所と元良親王との恋の逸話でイメージ的に補填されるように書かれているのである」（同前）。『源氏物語』では六条御息所と光源氏のなり初めは語られていないが、当時の人々には容易く連想される事実があったというのである。

今は亡き前皇太子の妃であった六条御息所はその身分から、一夫多妻制の時代であっても、光源氏との密通はスキャンダルとなった。この設定はその時代において極めてリアルな事象として受け止められていた。これは村上が語る物語観とは大きく異なるものであろう。

村上春樹の物語観は有効か

太古以来の物語の有効性について村上は次のように語る。

そういう物語の「善性」の根拠は何かというと、要するに歴史の重みなんです。もう何万年も前から人が洞窟の中で語り継いできた物語、神話、そういうものが僕らの中にいまだに継続してあるわけです。それが「善き物語」の土壌であり、基盤であり、健全な重みになっている。僕らは、それを信頼し信用しなくちゃいけない。それは長い長い時間を耐えうる強さと重みを持った物語です。それは遥か昔の洞窟の中にまでしっかり繋がっています。

（『みみずくは黄昏に飛びたつ』第四章）

先の土方洋一の引用文が示しているように、『源氏物語』は村上の言う古代にまで起源を辿りうる物語などではなく、近代ヨーロッパの小説を思わせるような、その時代の現実・常識に極めてリアルに接近している小説なのである。それ故、先の村上の発言を受けての、「神話や歴史の重みそれ自体が無効になっているとは思われませんか、村上さん。それらが保証する善性のようなもの、それ自体が」（同前）という川上未映子の言葉は本質を突くものだった。時の経過によって、過去の物語の有効性がなくなっているのではないかというのは、極めて健全な反応であろう。

もちろん、十一世紀の初めに『源氏物語』を書いた紫式部に近代的自我が備わっていたと主張したいわけではない。むしろその時代らしく、自らの境遇の限界や運命に近接したところで『源氏物語』が書かれた点で、それは村上の言う物語とは異なって、「独自の物語世界創造の方法」だったのである。つまり一条天皇の中宮彰子の女房であった紫式部は権力の趨勢を見つめる人間でもあったはずなのだ。

光源氏の恋愛が書かれているといった部分とは別に、『源氏物語』は光源氏の舅である左大臣家とそのライバル右大臣家の権力闘争という側面も描いている。しかもそれは皇統にどう繋がるかという形での権力闘争だった。その凄まじさは養女を入内させることで縁戚関係を作る闘争だった。光源氏もその闘争の真っ只中で生涯を送るのである。

受領（地方官）階級の娘、明石の君との間にできた明石の姫君を光源氏は母親から引き離し、親王家出身の紫の上の子として育て、最終的には今上帝の中宮にまで押し込む。紫の上は藤壺とともに光源氏最愛の人であるばかりでなく、権力闘争の手段としての機能も果たしていたことになる。

光源氏の恋愛遍歴の中で生まれた三人の子がどのように栄達を成し遂げたかを考えてみても、『源氏物語』が単純な恋愛文学などでないことは分かる。藤壺との不義の子は冷泉帝となり、先の明石の姫君は中宮となり、葵の上との子、夕霧は太政大臣となる。

ここまで見てきたように、『源氏物語』は光源氏の恋愛遍歴と権力闘争の両面において、あるいはまた光源氏死後の展開を見ても、平安時代の現実を強く反映するものだった。そして村上春樹の関心の的である超自然性、端的に言えば生き霊の扱いに関しても大きな違いが見られる。

『源氏物語』で描かれるほぼすべての場面が小説内の現実世界のことである。そこに異例の事態として「もののけ」としての生き霊や、六条御息所の死後も怨霊として幻想性が組み込まれたのである。夢やお告げの多さもリアルなことこととして当時は受け止められていた。ここには村上において顕著な、小説内の現実世界と幻想世界の混淆という事態は見られない。

現代において村上は超自然性を現実として信じてはいないけれども、装置として使っていることを明言していた。物語を効果的に進めるために超自然性（非現実性）は装置として活用されている。そこには当然ながらリアリティが欠如する。河合隼雄が賛同を示すほどには壁抜けは歴史（＝ノモンハン事件前の挿話）につながってはいかない。

村上は『騎士団長殺し』以後のインタビューでは昼間は役人でありながら、夜になると井戸を抜けて地獄に行き、閻魔大王の助手をしていたという小野篁に言及する。『ねじまき鳥クロニクル』以来の小説内の現実世界と幻想世界を自由に行き来するパターンの好例として、である。確かに日本にはお盆に先祖がやって来るという祈りの形はある。だからと言って今日の私たちにとって、村上が「うん、日本人の感覚では、あの世とこの世が行き来自由なわけです、ほとんど」（同前　第二章）と語るようにはならない。『源氏物語』の有り様に比べて、村上の近年の作品が写実的な、リアリズムと言って良い文章で構成されながら幻想性に傾いていくのは、いかに奇想天外な人物や場面を持ってこれるかに執心しているためとしか思えない。それは文学に必須の、私たちの生きる世界で作家がどのように切実なモチーフを受け止めているかとは別ものの、いかに面白い物語を語るかというエンターテインメントに現在の村上が留まることを示していると筆者には思える。

(3) 文学は可能か

村上春樹は『ねじまき鳥クロニクル』ではまだ明確にテーマを追求していた。失踪した妻を取り戻すという側面と、歴史（＝社会）につながることで暴力性が必然となる側面においてである。両者とも従来のデタッチメントからコミットメントへの転換を意味するものだった。

すでに述べてきたように、前者のテーマは主人公の妻を異界の住人としたことで達成できず、その役割は『国境の南、太陽の西』に移管された。後者に関しては暴力性の最終ターゲットたる綿谷ノボルが十分に書き込まれないために、なぜ暴力性が必要とされるのかという唐突さを感じさせた。『海辺のカフカ』に至っては、作品全体を貫くような明確なテーマが見られないために、ジョニー・ウォーカーによるおぞましい猫殺戮場面や、死んだナカタさんの口から得体の知れぬ不気味な生き物が出てくるといったダークファンタジー要素が強く押し出されていた。

エンターテインメントは様々なジャンルで工夫を凝らし、新奇さを提供しようとする。漫画ではＳＦやアクション、ファンタジーのジャンルで時に実写映画では表現しがたいような残虐さ――主人公が敵（鬼やデビルばかりでなく当然、人間であったりもする）を八つ裂きにするといった残虐さ――が頻出する。そうした刺激の強さを魅力として受け止める層がいることは否定しがたい。村上の『ねじまき鳥クロニクル』や『海辺のカフカ』はそうした残虐さに繋がるものであろう。

『騎士団長殺し』での「あらない」というユーモラスな話し方の騎士団長ですら、自分を殺すことが人を救うことになると主人公を説得するのだが、六十センチというゼロ歳児ほどの背丈の騎士団長を包丁で刺し殺すこともまた残虐さしか感じさせない。

もはや文学とはかけ離れた場所で村上の想像力は発揮されている。本来、『ノルウェイの森』に繋がるはずの『色彩を持たない多崎つくると、彼の巡礼の年』ですら、主人公が生き霊としてシロを殺したのではないかという幻想性が忍び込むし、灰田親子のように幻想性に満ちた話をどうしても導入したくなってしまうところに村上の現状がある。つまり、主として『源氏物語』の六条御息所の影響があまりに大きいダークファンタジーへの傾倒である。こうした村上の現在の姿に対峙する文学の可能性をどのように見出せばいいだろうか。

そもその始まりから言えば、村上が嫌っていたのは作家の自我が周囲と軋轢を生むような私小説だった。その私小説もありのままではなく、多少の脚色は施されることもあった。そしてこの系統は村上がどれほど嫌っても今日にまで引き継がれている。しかも明治・大正時代と比べれば比較にならない社会性を帯びて、である。

田山花袋の『蒲団』や近松秋江の『別れたる妻に送る手紙』の時代にあっても、岩野泡鳴のように女性関係に拘泥するばかりでなく、事業欲に駆られた活動をする私小説家もいた。現代でいえば、生き方も私小説家然とした西村賢太のような作家もいるが、若手漫才師としての葛藤が描かれる『火花』を書いた又吉直樹や、ゲイとしての日常が描かれた『デッドライン』や『オーバーヒート』を書いた千葉雅也のような作家もいる。又吉や千葉の作品は、私小説系統の今日的な小説だと見ることができるが、明らかに文学の可能性の幅を広げている。

又吉直樹の場合

又吉の小説は一人称の語り手「僕」（＝徳永）を通じて、「僕」が尊敬してやまない先輩の漫才師神谷の思想と生活面を描き出すことで（＝対象化することで）、「僕」の変化・成長も描かれるといった形式を取る。この形式はかつて中村光夫が『風俗小説論』において丹羽文雄の初期小説の独創として指摘したものだった。そこでは「私小説の手法で他人が描」かれ、「極度に自分を殺した客観的な手法」のため容易く風俗小説という小説俗化が進むのだと批判していた。

中村は丹羽の小説で主役となるのはいつも相手の女性であり、作者自身は「受動的な観察者」の立場に置かれ、かつての私小説のように作者が作品の中に生きていないことを指摘し、つまるところ丹羽文雄という作家を否定しようとした。中村は私小説には作者と作中人物の距離感がないことを批判していたが、丹羽に関してはねじれた人間批判にまでなっていた。一方で、『火花』は他人を描きながら、その形式によってしか描ききれない「僕」を表現している。芥川賞の選評では小川洋子だけがこの点を評価していた。『火花』の成功は、「神谷の存在を深く掘り下げ」ることで、神谷ではなく語り手の「僕」を見事に描き出した点にある、と小川は述べていた。（「文藝春秋」二〇一五年九月号）

費やされた字数の多さでなく、いかに効果的に「僕」の変化が読む側に伝わるかが評価軸となるべきであろう。「僕」すなわち徳永は作者又吉を思わせるパーソナリティであり、極めて質の高い今日における私小説系統の作品だということができる。中村の痛烈な丹羽批判の論理をすり抜けるような作品となっている。

神谷の才能と魅力を崇拝する徳永は、神谷の漫才（師）論・人間論に惹かれる。そして小説を引っ張るのは神谷の存在である。漫才とは、「本物の阿呆と自分は真っ当であると信じている阿呆によってのみ実現できる」というのが神谷の持論である。神谷の様々な発言には漫才だけでなく様々な芸域に通じる普遍性もあるのだが、一方、生活面でダメになっていく神谷の姿も描かれる。もちろん、作者が又吉直樹であるところから若手芸人の花火大会の営業やらネタ見せのオーディションなども描かれている。当然、漫才師の掛け合いのネタも紹介される。つまり哀切さもあればユーモアもある。

デビュー作ながら又吉の文学的才能は全開である。その凄さは尊敬する神谷を徳永が、「僕は自分の人生のために、神谷さんを全力否定しなければならない」という境地に達するところにある。その道筋が単純でないところに又吉の力量が発揮される。次のような展開である。

神谷の笑いの才能を否定しがたい徳永は、「僕は神谷さんとは違うのだ。僕は徹底的な異端にはなりきれない。その反対に器用にも立ち回れない。その不器用さを誇ることも出来ない」とまで追い詰められている。しかしながら、神谷が世間的には売れない異端のままである一方、徳永とその相方のコンビは次第に仕事も増え、生活も良くなっていく。自分の才能を凌駕するものをしか面白いと認めない神谷に対して、徳永はついにキレてしまう。

「ほな、自分がテレビに出てやったらよろしいやん」

「ゴチャゴチャ文句言うんやったら、自分が、オーディション受かってテレビで面白い漫才やったら、よろしいやん」

ここでは現実が刳り貫かれている。私たちが知る今日の漫才師のあり方にまで直接的ではないものの又吉の思考は到達している。神谷が群衆の中でも一際目立つ「違和感の塊」であるのとは異質の、様々な漫才師の現況がある。神谷が定義する阿呆としての漫才師とは異なる事例が多くある。漫才コンビの一方が、あるいはその両方がバラエティ番組のMCを、あるいは情報番組のMCすら任される時代なのだ。そうなっていくのは漫才師が番組制作側の意図を汲み、協力姿勢をとるような人間関係、つまり世間との付き合い方が生まれているのだと言える。それを又吉は次のような比喩で「僕」に語らせている。

（……）僕達は世間から逃れられないから、服を着なければならない。何を着るかということが絵画の額縁を選ぶだけのことであるなら、絵描きの神谷さんの知ったことではない。だが、僕達は自分で描いた絵を自分で展示して誰かに買って貰わなければいけないのだ。額縁を何にするかで絵の印象は大きく変わるだろう。商業的なことを一切放棄するという行為は自分の作品の本来の意味を変えることにもなりかねない。それは作品を守らないことにも等しいのだ。
（『火花』）

神谷の漫才師論や人間論が漫才という芸域から離れて普遍性を有するように、ここでの「僕」からの反撃もどの分野であれ通用するような普遍性を有する。そこが『火花』の卓越した点となっている。神谷はかつての私小説家のようにひたすら自己の信じる道を進む。しかし今日では、というよりも昔であっても他者との関係性の配慮抜きでは前に進めない。又吉が額縁というのは劇場やテレビ局、制作会社スタッフに他ならない。

以上のような認識は私たちが現前性を生きていれば、社会に身を置いていれば、どのような職種であれ感じることであろう。『国境の南、太陽の西』における主人公の妻が最後に他者性をあらわにする場面を思い出してもらってもいい。しかし又吉はそのような常識的な認識に小説を収束させようとはしない。最後に神谷が繰り出してくる奇抜な思いつきとその実行に私たち読者は驚嘆したのではないだろうか。村上が言う整合性の無視とは異なる、フィクションでしか繰り出せない奇行がもたらす哀切感を私たちは受け止めることになる。

又吉の主題とした若手芸人の苦悩を描く作品はこれまであっただろうか。今日における私小説の可能性は、作家となる人間がどのような仕事に従事してきたかでその領域が広がる。そこに作家個人のパーソナリティは当然影響を与える。漫才のコンビであった又吉がどちらかといえば陰キャラで活動していたことを思えば、そのかなり後輩となるコットンというコンビの西村の場合は徹底した陽キャラとして、又吉の作品とはまったく異なる芸人小説を書ける可能性がある。高校時代の学祭で人気者であったり、大学時代にミスター慶應に選ばれたり、テレビ新広島のアナウンサーだったりという経歴から、かつての私小説のイメージとは程遠い作品が生まれてもおかしくはない。

千葉雅也の場合

かつての私小説とはまったく異なるという点では千葉雅也の場合にも言える。『オーバーヒート』出版時の朝日新聞や毎日新聞などの取材では、「自分と部分的に関わりのある寓話」だという言い方をしているが、それはかつての私小説家たちが事実を多少の脚色をしているのと同じことを言っているに過ぎない。ただ大学の准教授や教授という立場やゲイであることのカミングアウト、フランスの現代思想に促されての思索など、作家の身辺に素材を求めるかつての私小説からすればかなり表現の範囲が広がっている。スポンテニアスという方法による、剽窃も含めた飛翔――メタファーの連続やパラフレーズの重層化による現実からの乖離――を特色とする村上との対比で言えば、徹頭徹尾リアリティにこだわった小説だと言える。

村上によって拒否されていた私小説の現代における可能性という点で千葉の作品は大きなヒントとなる。ここでは山田詠美のいう「内面のノンフィクション」という捉え方まで含めてその可能性を確認しておきたい。

山田はもともと『チューイングガム』（一九九〇年）のあとがきに「もちろん、小説は創作であり、私自身を書き写した訳ではない。（……）けれども、やはり、私は、小説は作家の心のノンフィクションであると思う」と書いていた。いわばモチーフという強い促しは作家の内部から兆すものでしかありえない。彼女の対談集『内面のノンフィクション』（一九九二年）では佐伯一麦とのやりとりでその意味するところはよりはっきりする。そこで佐伯は現在出ている小説で多いのは「私小説でない私小説」だと発言し、それを受けて山田は「内面は必ずノンフィクションになってしまうわけだから」と自説を述べる。

つまり、私小説は一人称で語るか三人称で語るかというところに分岐点があるのではなく、いかに「内面のノンフィクション」、いかに作家の生き方や思い、想像力が作品を通してリアルさを読む者に届けられるかにかかっているのだと言える。恋愛譚だけでなく、政治的な権力闘争といった当時のきつい現実に立脚した『源氏物語』の語り方は小説における大きな可能性を示していたはずである。村上のように幻想性だけを取り出すに止まるべきではないだろう。

もちろん、エンターテインメントとして内面から兆すものでない、読者をどう楽しませるかという顧客志向の意図を持った小説もあり得る。社会的問題に特化して描かれる、ミステリーを装った社会派の小説があっても良い。モチーフは様々な発現の仕方をするであろうから。こうした点からは村上の長編小説がモチーフやテーマを持たず、ただスポンテニアスに物語を進行させるのが異例なのかもしれない。

ともあれ、ここでは千葉本人は寓話というのだが、明らかに私小説に繋がることを確認しておきたい。村上に対峙する文学の可能性として。

千葉が准教授時代に発表した『デッドライン』では主人公は修士論文を書き上げようとしている大学院生である。そしてウケの立場から男性を欲望するゲイの男性でもある。その心理は、「荒々しい男たちに惹かれる。ノンケのあの雑さ。すべてをぶった切っていく速度の乱暴さ。それは確かに支配者の特徴だ。僕はそういう連中の手前に立っていて、いや、その手前で勃っていて、あの速度で抱かれたいのだ。批判されてしかるべき粗暴な男を愚かにも愛してしまう女のように」、と具体的である。

同時に思索的でもある。男が好きだというシンプルな思いは、フランス現代思想からの励ましに支えられている。世の中の「道徳」とはマジョリティの価値観であり、マイノリティはそれに抵抗すべき存在だとされる。あるいは指導教授の口を借りて、自己と他者を二項対立から始めるのでなく、両者は近くにいる限り「共同的な事実が立ち上がるのであり」、近くにいる他者は主観の中にインプットされるべきでなく、「近くにいる他者とワンセットであるような、新たな自己になる」のだともされる。この認識自体は第三章で述べたように、『国境の南、太陽の西』で主人公が妻から他者性を突きつけられるという形で小説化されていた。

ストーリーの展開で効果的にその場面を生み出した村上に比べ、千葉の場合はその専門からか、思索が直接展開される。こうした私小説としての新たな広がりばかりでなく、従来通りの主人公が好意を抱く男性Kと、そのKの彼女という三角関係も登場するが、そこもノンケの友人たちが無限の速度で生きていくのに対し、ゲイの主人公の速度は遅いとの思索が披露される。

修士論文を完成させる側の大学院生が主人公であるために女性や動物をめぐる思弁性も目立つ『デッドライン』に比べれば、大学院教授となった千葉によって書かれた『オーバーヒート』はまた少し違う味わいがある。

教授ともなれば学内での分担すべき仕事も多く、責任の伴うものとなる。修士論文も指導する側になり、理事会にも出たりする。しかし、『オーバーヒート』では仕事面というよりも、中年になったことでの生々しさの方が目立ってくる。まさしくそれはかつての私小説の最大の特色だった。作家の側から言えば、切実さということになる。そこにどの程度の虚構が仕組まれているにせよ、「内面のノンフィクション」であるから読む者を惹きつける。

実際、『オーバーヒート』ではストーリー展開などよりは、提示される場面の切実さ、あるいは生々しさの方が際立っている。ゲイクラブで知り合った恋人の晴人が女性と祭りに出かけるところに出くわした主人公の嫉妬心に駆られた狼狽ぶりは、その切実さにおいて明治・大正時代の私小説の系譜に繋がる。さらには男を買いたくなってウリ専の店に行き、気に入った男とフェラだけでなくアナルへの挿入までが描かれる。こうした露骨な場面ばかりでなく、大学教員らしく送られてくる大量の献本や自著の話、ツイッターの厳しいコメント主と対面するほどの拘り、そして「#LGBTは普通」運動への天邪鬼的な（主人公はそのつもりではないだろうが）反発は次のように激情的なものとなっている。

LGBTは普通？　普通だと思われたがるなんてのは、マジョリティの仲間に入れてくださいというお涙頂戴の懇願にほかならない。「我々」は「やつら」とは違うとプライドを持ってきたんじゃないのか。腰抜けが！

（『オーバーヒート』）

教授となった中年主人公の現在ばかりでなく、『デッドライン』で描かれたKのことや父親の会社破綻のその後などの過去も描かれるため、二百四十枚の中編小説ながら多くの素材が詰まっており、読者に新たな世界の開示と切実さを感じさせ、人によっては深い思考に誘う可能性を有している。私小説の伝統に繋がる、というよりも「内面のノンフィクション」という文学に不可欠なものを確認できる小説と言って良い。

朝井リョウの場合

村上が生み出す世界とは異なる文学の形は、何も私小説の伝統に繋がるものばかりではない。村上の長編小説が文学と遠く離れてダークファンタジーとなってしまったのは、テーマの不在というところも大きかった。その点に絞った可能性も考えることができる。そうした観点からは二〇二一年刊行の朝井リョウ作『正欲』を挙げることができる。

この作品では導入部において、児童ポルノ愛好者のパーティーが摘発されたというネット記事が紹介される。通俗小説めいたペドフィリア（小児性愛）がテーマかという見せかけとは裏腹な、水が蛇口から噴き出してくる様に恍惚とする三人の人物が中心となる。

蛇口の部分に手を当てて水の形を変えてみることに耽美を感じるのである。「誰かの身体に触れることも、誰かに身体に触れられることもないまま、水が噴き出すという現象に性欲を抱く人生を、ただひとりで生き抜いてきた」という寝具店勤務の桐生夏月のモノローグは性的嗜好を示しているというよりも恍惚感の由来を語っているに過ぎない。題名の『正欲』が『性欲』でないのはそれを示している。

千葉の『オーバーヒート』でも「ＬＧＢＴは普通」という多様性承認の世相に対する過激な反発があったが、ここでも多様性がもたらす「おめでたさ」に対しての激しい反発が見られる。多様性とは「マイノリティの中のマジョリティにしか当てはまらない言葉」、自らが想像しうる「自分と違う」にしか向けられていない言葉だとされている。ここでの登場人物は水に恍惚感を覚えるというマイノリティ中のマイノリティとして、桐生夏月の次のような思いに捉われている人間である。

（……）本人たちが恋愛にまつわることにどれだけ悩み傷ついていても、人間に興奮できることが、他者とその悩みを共有できること自体が恨めしくて羨ましくて仕方がなかった。（『正欲』）

大学生の諸橋大也は作中では多様性の理解者に対して最も激しく反発する人物として登場している。学園祭実行委員としてミスコン廃止に奔走し、学園祭のテーマを多様性にしようとする神戸八重子は大也に対して、「もう、多様性の時代なんだし、一人で抱え込むだけじゃなくてもっと」と迫る。それに対して大也は「私は理解者ですみたいな顔で近づいてくる奴が一番ムカつくんだよ。自分に正直に生きたいとかこっちは思っていないから、そもそも」、と反発する。

激昂する大也は多様性重視の世相を砕くように延々と八重子に言葉を浴びせる。「お前らが想像すらできないような人間はこの世にいっぱいいる。理解されることを望んでない人間だっていっぱいいる。俺は自分のこと、気持ち悪いって思う人がいて当然だと思ってる」。こうした発言は多様性重視という今日的な動向に文学がどのように向かい合えるかの好例だと言える。

ただ筆者は、あるいは作者の朝井リョウは多様性重視の世界で苦悩する人間を孤絶した状況に置くことを目指しているわけではない。本の帯に「生き延びるために、手を組みませんか」と大きく印刷されていることがそれを示している。村上が少なくとも『国境の南、太陽の西』で探求した他者性の明らかな現出と同じことを、朝井も達成している。

自分しかそんな楽しみは味わっていないだろうと思っていた中学時代、撤去が予定されている水飲み場の蛇口を壊して思い切り水を噴出させる企みで夏月が放課後その場に行った時、やはり同じ気持ちでその場に来ていた佐々木佳道と出会う。二人は同じことをしたのだったが、佳道はその後、転校してしまう。周囲から心理的に孤絶している二人はその偶然の対面で、お互いに救われる気持ちがしたであろうことは容易に想像できる。この部分は村上が『国境の南、太陽の西』では主人公が島本さんに、『１Ｑ８４』では天吾が青豆にそれぞれ十歳の頃に手を握られた場面を思い出させる。

夏月と佳道は後年、幸運な再会を果たす。そして結婚という、本の帯通りの実践をする。諸橋大也の場合は幸運な二人とは違って、多様性を理解できると迫る八重子が相手である。しかし朝井は見事な反論を、容姿にコンプレックスのある八重子にさせる。孤絶できないほど選択肢があってもうまくできない人間の辛さが大也に分かるかと反論するのである。


「苦しみにはいろんな種類があってさ、みんな自分の抱える苦しみに呑み込まれないように生きていきたいだけじゃん。私たちがすることで何かが脅かされるって言うんだったらさ、教えてよ。話してよ。何なの、俺らの気持ちがわかるかよとか言って閉ざしてさ。わかんないよ。わかるわけないじゃん。わかんないからこうやってもっと話そうとしてるんじゃん！」

（『正欲』）

単なる反論ではない。八重子は大也が根幹だと考えるものも、生きて考え続けていったら枝葉になるのではないかと説得するのである。他者を新たに関係性が築ける可能性として提示しているのである。水と油の大也と八重子の関係性が夏月と佳道のそれとは比較にならない危ういものだとは知れるけれども、そこに人間が生きていく上での可能性は感知できるのではないだろうか。

孤絶した感性や生き方も、他者と関わりを持つことで変化する可能性はある。八重子のこうした考えにも大也は自分にはそんな前向きには生きられないと主張する。文学は何か結論を提示することが目的ではないだろう。深く思考するための材料を提示するに過ぎない。

村上による物語が深層意識とは言い難い幻想性の場面を多く提示することで物語の面白さは提示できたかもしれないが、現前性を生きる私たちの現実世界のリアリティからは大きく外れていった。朝井リョウの場合には、デビュー作の『桐島、部活やめるってよ』で示されて以来の技法の新鮮さが『正欲』でも生きている。デビュー作は当の桐島本人は登場せず、五人の視点人物による相互の関係性や、桐島を巡るエピソードで構成されるという新鮮さがあった。どのように話が展開していくのかという点では優れた技巧性もあった。それはエンターテインメントとして有効な方法だった。

この技法は『正欲』でも効果的で、当初、ユーチューバー志望の小学生を息子に持つ検事、寺井啓喜がどのようにストーリーに関連していくのか判断できなかった。それがどんどんこの小説に不可欠の人物だと知れるようになる。村上が小説の面白さを幻想性の方に広げたとすれば、若い朝井は語り方で面白さを獲得している。そして小説は明確に、水に恍惚感を覚えるマイノリティの人間の生きる姿というテーマを巡っている。

『源氏物語』全体からすればごくわずかにしか過ぎない幻想性の場面に強く惹かれた村上だったが、紫式部は自覚的だったかどうかは別として、語る主体の転換にも現代の私たちを刺激するところがある。朝井の書き方にはそれに通じるような巧みさ、そのことによってストーリーを追いたくなるような魅力がある。

その小説家が直木賞作家なのか芥川作家なのかという区別などもはや無意味である。エンターテインメントとしてなのか、文学なのかは作品個々に評価されるべきであろう。ただ確実なのは千葉や朝井が示すように、世間の常識が転換する時期であっても、それが個々人にどう響いているかという観点での、モチーフやテーマは文学を可能にすると思われる。あらぬ幻想性によって歴史（＝過去）に遡るだけでない、私たちが生きる現代に密着した、それ故、リアリティある文学作品は途絶えることはないのだと思われる。

村上春樹の場合①「総合小説」としての『１Ｑ８４』

最後に、村上にとって文学はどんな方向において可能と考えられているのだろうか。次のような考えから推測はできる。

（……）僕は文芸社会の中で育ってきた人間じゃないから、やっぱりひとりの生活者として、文学を考えます。まず人に読みたいと思わせ、人が読んで楽しいと感じるかたち、そういう中でとにかく人を深い暗闇の領域に引きずり込んでいける力を持ったものです。できるだけ簡明な言葉で、できるだけ深いものごとを、小説という形でしか語れないことを語る、そういうのをしないことには、やはり、負けていくと思う。もちろん、ごく少数の読者に読まれる質の高い小説もあっていいと思います。そういうものを否定するわけじゃない。でも僕がやりたいのはそういうものじゃない。

（「『海辺のカフカ』を中心に」「文學界」二〇〇三年）

最初の発言には意外な感があるだろう。自身の日常生活からモチーフをつかみ、テーマを呼び寄せるといった作風は本章で触れている作家でいえば、又吉直樹や千葉雅也に感じられるものだからである。むしろ現在の村上はその後の発言にある、「人に読みたいと思わせ、人が読んで楽しいと感じる」エンターテインメントを意識した作風と言える。

ただ、筆者の記憶では村上自身がエンターテインメントという言葉を発したことはないと思うし、むしろ「できるだけ深いものごとを、小説でしか語ることができないことを語る」という発言に村上の本音があることは否定しがたい。そうした観点から注目すべき作品が『1Q84』である。

『1Q84』はエンターテインメント風だと多くの人に受け取られた。それは次のような事情による。

エンターテインメント性は何よりも主人公たる青豆の設定によるところが大きい。普段はスポーツ・クラブで筋肉トレーニングとマーシャル・アーツ系のクラスを担当しているものの、別の顔は女性に虐待の限りをつくす男たちを始末する女殺し屋だというのである。十歳の少女をレイプする悪逆な宗教団体「さきがけ」のリーダーを殺害する場面が最大の山場となる。さらに青豆に加え、彼女が個人トレーニングを通じて知りあった大富豪の老婦人、そのガードマンでプロの雰囲気をまとうタマル、セックス目当てで男を漁る婦人警官のあゆみ――こう列挙すれば、それほど洗練されているとは言えないB級娯楽映画の設定そのものであろう。

そうであっても、『1Q84』は目下のところで言えば、村上が「考える人」や「文學界」のインタビューで答えているような、あるいは四十人ほどの学生の前で公言しているような（柴田元幸『翻訳教室』）、ドストエフスキーの『悪霊』や『カラマーゾフの兄弟』が理想である「総合小説」を目指す意志が最も強く反映された小説と言える。そうであるのは当初、悪の代名詞とされた「さきがけ」のリーダーの、青豆が対面してからの変貌ぶりによる。

青豆がリーダーを殺害するために対面するのはBOOK2の第9章、11章、13章の三つの章である。そこでリーダーは、ここでもやはり「なぜか」が付随することばかりだが、青豆が子どもの頃「証人会」の信者であったこと、彼女が自分を殺しにきていることを知っている。

そして、リーダーは『1Q84』の小説世界の解説まですることになる。つまりもう一人の主人公、天吾が改作を依頼された、十七歳のふかえりが書いた『空気さなぎ』の世界までをも解説するのである。その二つの世界はつながるのだが、もっぱらそれはダークファンタジーの論理によってである。

かつて『羊をめぐる冒険』では、すべてが可能となる「観念の王国」をもたらす羊が登場していた。ここでは「彼ら」（＝リトル・ピープル）がリーダーにそれをもたらす。リーダーは筋肉の麻痺や、身体への激しい苦痛・疲弊に苛まれることと引き換えに、超能力を身につけたというのである。リーダーは置き時計を宙に浮かせ、青豆にその片鱗を披露する。

リーダーはリトル・ピープルの声を聴くレシヴァ（＝受け入れるもの）となり、それと対抗するように娘のふかえりはパシヴァ（＝知覚するもの）となった。そして、そこから村上にあって古くからの馴染みの感覚、一人の人間がもう一人の人間であること、すなわちドウタを持つことが可能だとされる。ドウタは「生きている影」とも「観念の姿」ともされる。（ここでは先の『海辺のカフカ』でカフカ少年がカラスに分離している際にも述べたが、ドウタを持つことが解離性同一障害の傾向だとするような解釈を筆者は取らない。）

村上において長編小説はどうしてもダークファンタジーの様相を帯びるようだ。ＢＯＯＫ２の第14章では、リーダーと同じように全身が麻痺しているのにペニスだけが勃起し、天吾はふかえりに射精することになる。ここでのふかえりはドウタらしく、自分には生理がないから妊娠もしないと告げるのである。そして私たちはもう少しも驚かないのだが、天吾が射精するその少し前、第11章でリーダーの「健康で上質な筋肉」に強い施術を行った青豆と、それに耐えたリーダーに関して村上は次のように書く。

　その三十分後に、二人はそれぞれに汗をかき、激しく息を吐いていた。まるで奇跡的なまでに深い性行為を成し遂げた恋人たちのように。男はしばらくのあいだ口をきかなかったし、青豆も言うべき言葉を持たなかった。

（『１Ｑ８４』ＢＯＯＫ２　第11章）

天吾と青豆の二つの場面は、村上にとってはメタファーにメタファーを重ね、パラフレーズを繰り返す結果生まれているのだが、筆者にはやはりダークファンタジー特有の、現実から激しく離れた照応だと映る。まったく別な場所でそれぞれ（比喩的に）快感を味わうことになった天吾と青豆なのに、青豆は天吾の子を身ごもることになるのだから。

あるいはもっと早い段階で、すなわちＢＯＯＫ１の第19章において、老婦人に保護されていた、リーダーにレイプされた十歳のつばさをめぐって書かれる次の場面である。視点人物の青豆から離れた作者の語りによって、つばさの口から五人のリトル・ピープルが出てきて六十センチほどの背丈になるという奇怪な場面である。

以上のダークファンタジー的要素にもかかわらず、村上がこの小説を「総合小説」となるように真剣に取り組んでいると考えられるのは、青豆とリーダーがそれぞれに読んだ『カラマーゾフの兄弟』での悪魔とキリストの対面場面を口にしだすことにも拠る。そこでリーダーは次のように語る。

「この世には絶対的な善もなければ、絶対的な悪もない」と男は言った。「善悪とは静止し固定されたものではなく、常に場所や立場を入れ替え続けるものだ。ひとつの善は次の瞬間には悪に転換するかもしれない。逆もある。ドストエフスキーが『カラマーゾフの兄弟』の中で描いたのもそのような世界の有様だ。重要なのは、動き回る善と悪とのバランスを維持しておくことだ。どちらかに傾き過ぎると、現実のモラルを維持することがむずかしくなる。そう、均衡そのものが善なのだ。わたしがバランスをとるために死んでいかなくてはならないというのも、その意味合いにおいてだ」

（同前　ＢＯＯＫ２　第11章、傍点原文）

青豆はすでに肩甲骨まわりの筋肉の施術の痛みをリーダーが耐える姿に、「職業的な敬意」すら抱いていた。とうに悪逆な人間、「歪んだ性的嗜好をもった変質者」という老婦人から聞かされたリーダー像からはその印象を転換していた。青豆が即座に殺害することのできない人物となっているのだ。リーダー殺害のための第9章、11章、13章では、そのリーダーは何やら深遠な原理を語る賢者、もしくは預言者、さらには世界の均衡を保つための犠牲者となっていく。リーダーは村上が求める「総合小説」に不可欠な存在と化したのである。村上は第13章では『カラマーゾフの兄弟』を意識し、リトル・ピープルに関してリーダーに次のように言わせている。

「（……）リトル・ピープルと呼ばれるものが善であるのか悪であるのか、それはわからない。それはある意味では我々の理解を超えたものだ。我々は大昔から彼らと共に生きてきた。まだ善悪なんてものがろくに存在しなかった頃から。人々の意識がまだ未明のものであったころから。しかし大事なのは、彼らが善であれ悪であれ、光であれ影であれ、その力がふるわれようとする時、そこには必ず補償作用が生まれるということだ。この場合、わたしがリトル・ピープルなるものの代理人になるのとほとんど同時に、わたしの娘が反リトル・ピープル作用の代理人のような存在になった。そのようにして均衡が維持された」

ここで「総合小説」を目指す村上が理想とするドストエフスキーの小説に近づけているかどうかを本格的に論ずるのは、現在の筆者には手に余る課題である。ただ、次のような点において「総合小説」というよりは村上春樹ワールドともいうべき独自世界が形成されていることだけは指摘できる。

リーダーは１Ｑ８４の世界がどのようなものかについても、天吾と青豆が結ばれるべきだとも語る。

一九八四の世界でできなかったことを１Ｑ８４の世界で実現するのだとされる。プロットは斬新でストーリー展開も巧みであり、これほど面白い小説はない。ただ、ＢＯＯＫ３まで広がっていくこの小説の面白さが「総合小説」と言えるものかどうかは別問題である。

小説は青豆とリーダーの対話に強い磁場が生まれるにはあまりに多くの、異なる種類の場面を取り入れすぎているからである。石油関連企業に勤務する男を青豆が殺害するアクション風場面もあれば、青豆と婦人警官のあゆみが二人してセックス目当てで男を漁る場面もある。現実の組織を思わせる農業共同体や宗教団体もただ素材としては言及される。

以上のようにあまりに散漫とした話の広がりのために、面白い小説であることは確かだが、だからといって『１Ｑ８４』が「総合小説」だというのは、どうだろうかという疑問を持つのは筆者だけではないだろう。

村上春樹の場合 ② 他の作家の作品と対比する

『１Ｑ８４』には今日的な課題としては宗教二世という設定もあった。その存在は二〇二二年九月に安倍晋三元首相が暗殺されたのをきっかけに、母親による巨額の献金のためにその子供たちが陥っている困難な状況が社会的に注目されるようになった。青豆が宗教二世という境遇であったところから、『１Ｑ８４』が「予言の書」だという評価まで文芸関係ではない著名人からは出ていた。

もちろん、自分はテーマをもとに小説を書くのではないと公言する村上が青豆を宗教二世と設定したのは、ストーリー展開を面白くするための工夫であるに過ぎない。青豆をインストラクターで女殺し屋という設定にすることと同列である。宗教二世である青豆と母親の関係が内側から書かれることはなかった。

村上は閉鎖された空間で生きることで自ら思考せず、他人の物語に取り込まれ、間違った判断・行動をするという観点を『アンダーグラウンド』の長い「あとがき」というべき「目じるしのない悪夢」で示していた。母親が「証人会」の信徒だという青豆だけでなく、「さきがけ」というコミューンで暮らすふかえりについても、まさに閉鎖された空間で生きる子供の親との関係性がテーマとなってもおかしくはなかったが、村上の作風ではそうはならなかった。パシヴァとしてのふかえり、レシヴァとしての父親であるリーダーというストーリー展開を面白くする設定となった。さらにその根源であるリトル・ピープルまで出てくればダークファンタジーの様相を帯びることになる。

外側から表面をなぞるだけでなく――ストーリー展開のために利用するだけでなく――、その内側にまで入り込んでテーマを探求するとどのような小説になるだろうか。それを考えるのにふさわしいのが辻村深月の『琥珀の夏』（二〇二一年）である。直木賞受賞作家による新聞連載小説ということで言えばエンターテインメントの小説と見られるかもしれないが、筆者にはこの小説は宗教二世に通じる問題の内部に切り込んだ文学作品と見える。

この小説は〈ミライの学校〉の跡地から見つかった女児の白骨遺体は誰なのかというミステリー仕立てで始まる。〈ミライの学校〉は宗教組織ではなく、「特殊な思想と方針を持った団体」だとされている。具体的には子供の教育や栄養に関心を持ち、子供を親から預かって自発的に考えることができるようにするのを目的としている。また、泉などの自然環境重視の団体でもある。

各章の視点人物となるのは一年中ずっとそこにいるミカと、夏休みの一週間だけそこに滞在するノリコ、そして現在弁護士となっている法子である。法子は白骨遺体が自分の知るミカではないかと心配している。第一章ではミカの視点から、第二章ではノリコの視点から、二十年ほど前の〈ミライの学校〉の様子が様々な出来事や交流を通じて語られる。閉鎖された空間の内部が、児童や先生たちの造形や主人公二人のそれぞれの繊細な気持ち・心理を通じて描かれる。外側から表面をなぞるのでなく、内部が描かれるとはこのようなことであろう。『1Q84』では「さきがけ」内部での対話や出来事が書かれているわけではない。死んだ山羊からリトル・ピープルが出てくるという怪異な話の方に村上の関心は行っている。

大人となった法子視点の章があるというのは、単に弁護士という仕事を設定し、依頼人からの求めに応じて白骨遺体の身元確認を現在の〈ミライの学校〉に求めるというストーリー展開上の必要性からだけではない。子供が親と一緒にいることの意義というテーマを深めるための工夫でもある。つまり、法子視点の章では三歳になる娘の認可保育園の申し込みに苦労するエピソードが併行する。これは親から離れて長く〈ミライの学校〉に暮らすミカの親と一緒にいたいという気持ちと作中で深くつながるものである。

新聞小説ということもあり、ミカを守ろうとするシゲル、〈合宿〉に嫌々来ているらしく反抗的な態度に終始するノブ、それを救おうとするけん先生、けん先生とさちこ先生の対立といった話の広がりが見られる。しかしそれは、スポンテニアスを方法とする村上作品で拡散が意味されるのとは違う。エンターテインメントとして、後に伏線の回収という点で十分な配慮をして作中に置かれている。さらに重要なのは、そうした中でも子供が親と一緒にいることの意義がテーマとして強力に持続している点である。そのベースとなるのは、ミカが「母親と一緒に暮らしたい」とノリコに打ち明ける場面である。それが強い磁場として作品全体に浸透している。

白骨遺体の身元判明や、〈ミライの学校〉にいた児童や先生の二十年後の姿など、伏線回収という点でエンターテインメントとしての楽しさを十分に感じさせつつ、テーマの強い維持という点で『1Q84』とは大きな違いがあった。特にミカの現在の正体にはエンターテインメントとテーマの維持の両面における作者の勝利というべき達成がある。そして第六章が「砕ける琥珀」という章題になっていることからも、『琥珀の夏』という題名が秀逸なものと知れるのである。

ただ、ここで筆者が確認しておきたいのは、だからと言って『1Q84』が『琥珀の夏』より劣るということを言いたい訳ではないということだ。種類が違うのである。村上作品の大きな特徴はスポンテニアスに物語や場面、人物などが出てくることだった。それによって幻想世界は常在となり、伏線の回収など整合性を求めることはすべきでない作品となっている。『海辺のカフカ』や『1Q84』に強く広汎な支持があるとすれば、そうした村上の小説世界が評価されていることになろう。

こうした村上の小説世界をよりはっきりさせるために、ここではもう一作、芥川賞作家ながらエンターテインメント小説も書いている吉田修一の『太陽は動かない』(二〇一二年)に言及することとしたい。

エンターテインメント小説は読者が求めるものを提供する点で顧客志向なのだと指摘した。典型的なのは必ず殺人犯が特定され、様々なエピソードも伏線として回収されるミステリーだろう。エンターテインメントでは例外的な作品はあるにしても、基本的にはこのような明快さがあった方が望ましい。『太陽は動かない』はそうした明快さが心地よく感じられるエンターテインメント小説である。

つまり、ここで筆者が意図するのは、加藤典洋らによって強くリードされた『1Q84』には「これだけ大掛かりなエンターテインメント性の意識的な導入によってしか潜れないような純文学的なというか、文学的な深みがこの小説の全体を通じて作り出されている」(「あからさまなエンターテインメント性はなぜ導入されたか」)との見方に疑義を呈すると同時に、そうではない村上春樹の小説世界を再度確認するためである。その対比のために『太陽は動かない』は有効なのである。

小説の舞台はホーチミン、上海、東京、天津、京都、香港、丹後半島、敦煌近辺、種子島、シンガポール、サンフランシスコと転々とする。場所が転々とするのには明確な理由がある。『海辺のカフカ』でなぜかカフカ少年もナカタさんも四国を目指す理由が判然としないのとは対照的である。(様々な解釈が評者から出されていても、村上本人が特に意味はなく四国となったと言う以上、議論は虚しいものであろう。)

『太陽は動かない』で場所が転々とするのは、次世代エネルギーとしての宇宙太陽光発電のシステムをめぐる駆け引き、権謀術数というプロットが必要とするからだった。中国の最大手エネルギー企業のCNOXは上海に本部を置き、裏でスパイたちを操る黒幕の人物はシンガポールに総本山を置く香港トラスト銀行の頭取である。種子島では宇宙空間から太陽光をマイクロ波に変換して地上へ送信する技術実用化のためロケットが打ち上げられようとしている。宇宙空間から送られてくるマイクロ波を受信するためには、ドーム型球場の屋根のような巨大パネルが三キロ四方に点在するレクテナ基地が必要だが、敦煌近辺はその適地だった。

小説に登場する場所は、まったく無駄がないほどの小気味よさである。登場人物たちもその関係性――裏切りや誘惑、恩返し――はプロットを完成させるための有効利用がなされている。登場人物紹介で名前の出ている二十六人全部とは言わないが、主要な十四人については伏線の回収も含めて見事な配置となっている。

ウイグル族の反政府過激派シャマルは天津スタジアムの爆破を企て、失敗するものの、主人公である産業スパイ的なAN通信の情報部員鷹野一郎に助けられる。その後、どう恩返しをするかはストーリーの展開上、大きな仕掛けとなる。AN通信上海支局の文化記者青木優は情報員になりたい一心で鷹野に近づくが期待を裏切られ、二転三転の役割を作中で果たす。国を思う気持ちの強い民主党の一回生代議士、五十嵐拓をサポートする優秀な秘書である丹田康祐はそれ故に五十嵐を裏切ろうとする。五十嵐の高校剣道部の後輩で、作中では重要となる技術の開発者、広津陸は五十嵐の役に立とうとするものの、謎の女AYAKOに籠絡されてしまう。彼女はまたマイクロ波研究の第一人者、小田部健三の娘である菜々と鷹野の宿敵デイビッド・キムとを会わせて目的を達しようとする。

いまここに挙げた数倍のエピソードが、主要な十四人の登場人物が絡まりあうことで展開される。すべては先ほど述べたプロットを完遂させるために、各人物は情報収集や関係性構築のために奔走するのである。『太陽は動かない』が優れたエンターテインメントだというのは、多彩な意味のあるエピソード、人間関係の変転がテンポ良く、明快に描かれているからである。

先にも述べたように、『1Q84』がエンターテインメント性が濃厚だというのは、あくまでその人物設定に関してだった。ストーリー展開ということで言えば怪異な場面の頻発でダークファンタジーと解すべき作品となっていた。『太陽は動かない』の明快なストーリー展開と比較すれば——ここで明快なというのは、伏線はすべて回収されるということだ——、『1Q84』の停滞ぶりは、小説世界の豊かさとも言えるが、何度も繰り返すように、多くの場面がスポンテニアスに奔出しており、必然的にまとまらない、整合性がないということになる。

先ほどの加藤典洋の『1Q84』礼賛との関連でいうならば、『太陽は動かない』にも鷹野や青木の境遇のように、文学として深い思考に導ける要素もあるがそれは重視されない。そこに強いこだわりは示されず、小さな捕捉として書かれるにすぎない。本筋はエンターテインメントとしてストーリー展開の面白さを追うところにある。

加藤が『1Q84』のどこに「文学的な深み」を見ようとしているのかは正確なところは分からない。彼がしきりに言う村上は隠喩から換喩に変わったという評価は、ひたすら深読み、すなわち作品に書かれているのでないところに論述が行き着くからである。筆者が「文学的撒き餌」と表現してきたのはそうならないための歯止めだった。

おそらく村上が『1Q84』で一番切望していたのは、十歳の少女をレイプするする悪逆な変質者というイメージからリーダー像を転換するところだった。先にも引用したが、絶対的な善も絶対的な悪も存在しない、善は悪に転換するかもしれない、そのバランスが重要なのだと村上は書いていた。しかも、「均衡そのものが善なのだ」という言葉には傍点すら振っているのだ。「総合小説」への想いの強さが露出していると言って良い。

こうした村上春樹の小説世界をどう考えればいいのか。村上は『1Q84』を「総合小説」だと言い、ある評者はエンターテインメントだと言う。筆者はその進化した形態としてのダークファンタジーだと言う。そのどれにも共通する村上ワールドの特徴は次のようになる。平易な言葉が使用されておりながら、巧みな比喩の多さで読むものを退屈させない。同じくスポンテニアスに繰り出される多彩な場面で読者は魅了される。時に文学的な深みに誘うような場面も提示される。こうした豊富な小説世界であるものの、合理的な読解を許さない。

この終章で幾人かの作家と対比することで、私たちは村上ワールドが旧来のカテゴリーには収まらないと感じないだろうか。そのような新しいタイプの作家として村上春樹を理解することが必要なのではないかというのが、目下のところでの筆者の結論である。

補論　『街とその不確かな壁』が明らかにしたこと

村上春樹は二〇二三年四月、一九八〇年に発表した百六十三枚の中編小説「街と、その不確かな壁」の改作となる長編小説『街とその不確かな壁』を刊行した。中編小説の意味合いがより明らかとなり、当初はその書き直しとされた『世界の終りとハードボイルド・ワンダーランド』の持ち味がより鮮明となった、というのが筆者の印象である。

ここではそのように感じた筆者の理解を第一部と第二、三部を区分することで述べてみたい。村上自身「あとがき」において、「根っこから書き直せる」と感じて第一部を完成させた時点で、「それでいちおう目指していた仕事は完了したと思っていた」と書いている。そこから半年ほど経った時点で、「やはりこれだけでは足りない。この物語は更に続くべきだと」感じて第二部、三部に取り掛かったというのである。

端的に言えば、第一部は『ノルウェイの森』に繋がるようなモチーフが中編小説と同じ強度で維持された作品であり、第二部、三部はむしろプロットに惹かれ、どのようにストーリー展開するかを重視した作品だということができる。

(1) 第一部　原点に戻る

「街と、その不確かな壁」への帰還

単行本の帯の表には「その街に行かなくてはならない。なにがあろうと」「村上春樹が、長く封印してきた〝物語〟の扉が、いま開かれる——」、裏には「深く静かに魂を揺さぶる村上春樹の「秘密の場所」へ」と印刷されている。惹起されるのは間違いなく、あの中編小説「街と、その不確かな壁」の作品世界への帰還との印象である。

かつての中編作品で明確であったのは、壁に囲まれた街が「君」によって作られたということだった。さらにはそこでの生活が質素なものであり、そこに暮らす人たちは影と心を失くしていることが特徴だった。そして壁による観念的な饒舌も目立っていた。

街での生活の、欲望を拡大させない質素さは、「君」が古ぼけた青いコートと擦り切れた黒いセーターを着ていることに象徴されていた。それは母親が着ていたものであり、やがては妹に譲られるべきものだった。けれどもそうした質素さに統一感はなかった。「僕」が「君」を待ち受けるのがコーヒーハウスだったり、「君」が住むのが五階建ての共同住宅だったりというのがふさわしくなかった。

新作の第一部では「君」が住む共同住宅は、二階建ての古い木造住宅である。それにコーヒーハウスなどなく、「私」が飲むのはタンポポで作った代用コーヒーであり、ココアだって代用品である。「この街で出される食べ物や飲み物はおおむね素朴なものであり、多くは代用品だった」（14章）。質素な生活は徹底

されている。

第一部はある部分では簡素化が図られ、ある部分では関係性が明確にされた。全体の印象としては分かりやすさという点での簡素化が図られている。象徴的なのは、かつての中編小説ではそもそもの始まり（第1章）が観念的な「ことば」に関する記述だったがそれがなくなり、新作長編では「きみがぼくにその街を教えてくれた」という単刀直入な文章から始まっている。そして本当の「きみ」が生きているのはその街であり、「ぼく」は〈夢読み〉としてならその街に行けるのだと「きみ」に告げられる。こうした導入部は前作に比べればとてもすっきりしたものである。

そして壁による大量の科白が新たな長編小説では大幅に削減されている。例えば中編小説の半ば、壁は「僕」に問いかける。「もし形のないものに永遠があるとして、いったい誰がそれを確かめるというのだ？そしていったいそれがお前たちのどんな役に立つというのだ？」、あるいは「この街にはお前の求めるものはなんでもある。そして同時に、何もない。お前の求めるものは何だ？」（13章　ゴシック原文）。こうした観念的な科白は新作第一部の中盤にはもう見られない。

壁は作品の根幹というべき、「僕」がその街に留まるべきかどうかについても、同じ中盤の章で次のように語っていた。

忘れた方が良い。お前がそこから得るものは絶望だけだ。お前はこの街に来るべきではなかったのだ。外の世界に住むべき人間だったのだ。死ねば全ては終ったんだ。夢も苦痛も……何もかもな。

死ぬことは恐くない、と僕は言う。無に帰することも、忘れ去られることも。僕が怖れるのは、全てが時という偽善の衣におおわれていくことなんだ。
ことばだよ、と壁は笑う。**お前の語っているのはただのことばだ。**（……）**そしてもう、何もかもが手遅れなのだ。何もかもな……**
（「街と、その不確かな壁」13章　ゴシック原文）

こうした中盤での壁の結論めいた語りかけは先に引用した科白同様、新作では削除されてしまっている。壁の語ることは中編小説のテーマというべきものだったが、村上はこうした直截的な表現をその後、嫌うようになり、これまで何度か触れたようにメタファーにメタファーを重ね、パラフレーズを重層化する書き方をするようになった。

中編小説では最後に溜まりに飛び込もうとする「僕」に対しても、「ことば」の不確かさをベースに壁は問いかけを続ける。「**しかしお前たちの語っているものはただのことばだ。お前はそんな世界を逃れて、この街に来たのではないのか？**」（27章　傍点、ゴシック原文）

そんな壁に対して、「ことばは不確かだ。ことばは逃げる。ことばは裏切る。そしてことばは死ぬ。でも結局のところ、それが僕自身なんだ。それを変えることはできない」と「僕」は答える。壁はさらに、「**そんな生のどこに意味がある？　そんなことばのどこに意味がある？**」（同前　傍点、ゴシック原文）とたたみかける。抽象的であっても、当時の村上にとって切実なやりとりだった。ただそれが小説としてどうなのかという点で村上はこの作品を全集に収めることをしなかった。

今回の新作では、壁が主人公「私」に語りかけるのは、第一部の最後、溜まりに飛び込もうとする（正確には影だけを飛び込ませようとする）場面のみである。しかも言葉数は少なく、「ことば」に代表される観念的な思考は排除される。あるのは次のようなシンプルなものだ。「おまえたちに壁を抜けることなどできはしない。たとえひとつ壁を抜けられても、その先には別の壁が待ち受けている。何をしたところで結局は同じだ」（25章　ゴシック原文）。他にも一、二行の言葉を数回発するのみであり、かつての中編の饒舌ぶりとは対照的である。

新作ではプロットとしての面白みが増し、なおかつ本書の第三章で筆者のこだわった強い促しとしてのモチーフもより明確になっている。それは小説中の現実世界というべき部分が旧作ではごくわずかに言及されるのみだったのに比べ、新作では二つの世界がほぼ均等に描かれるという構成によるところが大きい。

第一部で新たに書き足された現実世界に当たるのは、十七歳の「ぼく」と十六歳の「きみ」が会っていた頃のパートである。その前年に「高校生エッセイ・コンクール」で知り合ったところから、「きみ」が街の話をし、長文の手紙を最後に姿を消してしまうまでの経緯が書かれる。さらにその後の村上作品、例えば『色彩を持たない多崎つくると、彼の巡礼の年』を思わせる、傷心のまま乗り越える大学生活や、卒業後の書籍取次会社への就職までもが書かれる。そのパートの最後には「ぼく」は四十代になっている。

興味深いのは、謎めいた恋人の消失という出来事はあるものの、徹底してリアリズムで書かれているそのパートで、『ねじまき鳥クロニクル』を思わせる幻想世界への突然の侵入が書かれていることだ。

四十五歳の誕生日が過ぎて間もなく、「ぼく」は穴の底に落ちる。その穴は壁に囲まれた街で死んだ一角獣（新作では単角獣と表記される）を放り込んで燃やすための穴だった。こうした小説の成り行きは本書の第二章で指摘したような、『ダンス・ダンス・ダンス』以降の村上にとって馴染みの幻想世界への侵入だった。そこまで小説内の現実世界に生きていた「ぼく」は、壁に囲まれた街で生きる「私」となったのである。つまり、3章から始まる「私」パートに戻るということになる。

この小説中の現実世界パートでは明確に村上の文学的モチーフが忍び入っていた。21章では読者に「あなた」と呼びかける形で、愛する相手に突然、理由も告げずに去られることがいかに辛いかに言及がなされ、あの『ノルウェイの森』の直子が去った際の欠損の感覚を思い出させる。23章では忘れがたい女性の思い出を胸に秘めているために、新たに付き合い始める相手を傷つけるというやはり本書の第三章で触れたモチーフを思わせる記述がある。

こうしたパートが第一部の半分近くを占めることで、強く寓意性を感じさせる壁に囲まれた街（＝幻想世界）パートとの間に緊張感も生まれ、その関係性も分かりやすくなっている。いま述べた23章の穴に落ちる場面によって、街パートの「私」は四十代であり、外の世界（＝小説での現実世界）のことを思い出せる設定となっている。なぜ街にいなければならないのかの理由も、「ぼく」パートのあることではっきりしている。

かつての中編小説と比べれば、観念的な部分が大幅に減少し、抽象的な思考もなくなり、かなり明快な作品となっている。書き直しは成功し、寓意性が強くとも、『ノルウェイの森』の系譜の文学作品として優れたものとなっている。

『世界の終りとハードボイルド・ワンダーランド』と比較する

『世界の終りとハードボイルド・ワンダーランド』の「世界の終り」パートでは、「僕」はなぜ自分がその世界にやってきたのかを理解できなかった。もちろん小説全体としては二つの世界が関連するであろうことを、両方の世界に共通するものを置くことで匂わせていく。例えばペーパークリップであり、光る一角獣の頭骨であり、図書館であり、「ダニー・ボーイ」の歌である。さらに多少強引ではあっても、「ハードボイルド・ワンダーランド」で「私」が本を読み、映画を見ることで壁や影が連想されてもいる。また、地下鉄の電車の眩しい光で目を痛める「私」は、〈夢読み〉のため強い光を見ることのできない「僕」を無意識裡に引き寄せていた。二つのパートがあることで、次第に緊張感が高まっていく手腕は見事だった。

壁に囲まれた街は中編小説や今回の新作第一部では明確なモチーフを感じさせる設定として有効だった。それは私たちが生きる猥雑さに満ちた現実世界にはないもの、あるいは欲望を拡大させることのない純粋性の世界の寓意として有効だった。言うまでもなく、それは『ノルウェイの森』の直子が求める世界でもあった。

ところが「世界の終り」ではそのモチーフは欠如していた。つまり、それは「きみ」が作った街とはされていない。もちろん、『ノルウェイの森』の強いモチーフであった欠損の感覚は、「世界の終り」においても暗示的に「僕」が図書館の女性と出会うことで示されてはいた。14章では何度も「喪失感」や「欠落感」という言葉が出てくる。それでも正確に言えば、中編小説や今回の新作のように十代の頃に失われた恋人がその想いの源だとは「世界の終り」パートからは窺えない。影を切り離されたことで、「僕」の記憶は消失しているのだ。

「世界の終り」とは、「ハードボイルド・ワンダーランド」パートの老博士が「私」に組み込んだ脳内プログラムの変質によって、もともと「私」が意識の底に有していたものだった。しかも「私」は通常いうところの死、老博士によれば「永遠の生」であるその世界に移行するというSF的設定となっていた。その「私」に関して言えば、最後に死に赴くにもかかわらず、「私」には「世界はあらゆる形の啓示に充ちているのだ」（39章）との明るさ、もしくは清しさが感受される。「永遠の生」に向かうと言われても、通常の現実世界での死であることには変わりがない。にもかかわらず、最後の一日は現前性を生きる私たちにとって勇気を与えるものだった。

地下に住む「やみくろ」やその聖域、音抜き、魚の神、「組織」と「工場」の暗闘などホラ話満載の娯楽作品めいた「ハードボイルド・ワンダーランド」なのだが、終わり近くなって村上春樹という作家の文学的感性は十分に発揮されていた。一方で、「世界の終り」パートは文学的モチーフという点に関してはむしろ希薄となっていき、逆にプロットとして先へ先へと伸ばしていける可能性が大きくなっていた。それを村上は自ら明言していた。

川本三郎との対談（『物語』のための冒険」「文學界」一九八五年八月号）で村上は、かつての中編小説では重視されていなかった森が「世界の終り」では大きな位置を占めることになった、と述べている。森を引っ張り出してきたことで街という虚構（＝幻想世界）の中に、「もうひとつ別のシステムを有した虚構が同時存在しているという二重性ができたおかげで、僕としては話を以前よりもう一段階ツイストできたと思うんです」とまで述べているのだ。確かに話としては広がりが生まれ、面白くなるのかもしれない。

第一章で確認した「剽窃とスポテニアス」という方法によって次々に生まれるアイデアが、森の存在を活性化したのである。つまり、新たなプロットが誕生したのだと言える。観念的な印象が払拭しがたい中編小説に比べ、影や壁、一角獣、図書館の女性、隣室に住む元大佐の老人、門番といった登場人物はいるものの、「世界の終り」はそれに加えて森をクローズアップしたことでどう展開するのか分からないストーリー性を予感させた。

その兆しは小説全体の始まりから三分の一ほど、文字どおり「森」と章題のついた14章ですでに現れていた。「僕」は老大佐から森には石炭を掘ったり薪を集めたり、キノコを集めたりする人間が生活しているのだと聞かされる。村上が語るように、そこからプロットは思いがけぬ設定を可能とする。

森に暮らす発電所の管理人は影をうまく切り離すことができず、まだ影が残っている。したがって街では暮らすことができず、さりとて森の奥に入れるほど心が強くもない。そして図書館の女性の母親も森に入って行ったのではないかと示唆される。管理人は自らが演奏するわけでもないのに様々な楽器を集めている。彼はそれらに美を感じるというのである。心を有する証である。

こうして壁に囲まれた街という幻想世界とは異なるもう一つの、森の中の生活の可能性が暗示される。そこでは心が維持されている。この段階で新たなプロットの材料が加わったものの、その分、壁に囲まれた街の特性（＝質素な生活）は減少することになる。例えば、ストーリーを進める上で発電所を設けてしまったことがある。新作では街での生活の質素さをしっかり描き切るために電力などないことになっている。

プロットを伸ばしていく上で、森に住む管理人が必要だったのである。プロットの可能性が広がったことで、「世界の終り」の結末は五回か六回書き直しがなされた結果、影だけが街を去り、「僕」は彼女と共に森の中で暮らすことが想定される終わり方をしている。

おそらく『世界の終りとハードボイルド・ワンダーランド』は二つのパートがギリギリのところで平衡

というか、引き合う緊張感のバランスが取れたところで静止している。すでに述べたように、「ハードボイルド・ワンダーランド」は娯楽性の強いエンターテインメントでありながら、最終章に向けて村上がそれまで鼠三部作で明らかにしてきた現前性を生きる弱き者の姿に共鳴するような書かれ方で終わっていた。一方、「世界の終り」は哀切感の漂うムードに終始しながらも、中編小説にはなかったプロットを差し出していた。影によって街の仕組みが一角獣の犠牲によって成り立っていると指摘され、森の生活が可能性として示された。後者に関しては、ストーリーとしては収拾がつかなくたってしまったというのが正直なところではないだろうか。(五回か六回の書き直しはその結果である。)

かつての中編小説や今回の新作では、壁に囲まれた街は前者では「君」、後者では「きみ」と表記される恋人に創造されることが大前提だった。だからこそ「僕」や「私」は欠落感を胸に秘めた人物としてその街にやって来たのであり、図書館の女性を前にする際の哀切な気分(＝喪失感)は説得力を持っていた。後者に至っては四十代との設定にもかかわらず、である。

しかし、「世界の終り」では最後の最後にその街を作ったのは「僕」だということになっている。正確には「僕」ではないだろう。「ハードボイルド・ワンダーランド」の「私」が意識の底に作ったものであり、「僕」は「私」によって生み出されたのである。筆者はかつて『村上春樹、転換する』でその状態をホルへ・ルイス・ボルヘスの短編小説「円環の廃墟」になぞらえて次のように整理した。

「私」によって生み出された「僕」は、自らが生きるように強いられたその街(＝「世界の終り」という世界)のメタレベルに立って、別の世界、すなわち森での生活を目指すかのように村上は書いた。プロットとしてはかつての中編小説とは異なる結末である。

影は「僕」に向かって、森で彼女と暮らすつもりなのだろうと詰問する。それに対して村上が差し出す「僕」の答えは中編小説の志を裏切り、最後に作品全体のバランスを損ねるようなものだった。

「僕には僕の責任があるんだ」と僕は言った。「僕は自分の勝手に作り出した人々や世界をあとに放りだして行ってしまうわけにはいかないんだ。君には悪いと思うよ。本当に悪いと思うし、君と別れるのはつらい。でも僕は自分がやったことの責任を果たさなくちゃならないんだ。ここは僕自身の世界なんだ。壁は僕自身を囲む壁で、川は僕自身の中を流れる川で、煙は僕自身を焼く煙なんだ」

（『世界の終りとハードボイルド・ワンダーランド』40章）

すでに述べたように、「僕」の住む「世界の終り」は「私」によって作られたものであり、ここで言われるように壁に囲まれた街や人々を放り出すというのは矛盾する。町に残るというよりも、むしろメタレベルに立って森の生活が目指されるのがプロットとなっていた。ここでの混乱は村上自身がその続編として当初企画したと語る『海辺のカフカ』にまで続く。森に入ったカフカ少年に、死んだ佐伯さんは元の場所に戻りなさいと告げるのだが、もはやどんな論理からなのか理解できない。（小説が合理的である必要はないと信じる村上にすればおかしなことではないだろうが。）

モチーフが引き寄せるテーマとの関連で最も明快だったのは、中編小説の「街と、その不確かな壁」の方だった。恋人が作り出した純粋性の世界、言葉や欲望を最小限に抑えた幻想世界から、街の外へ出ることを「僕」は明確に図書館の女性に告げていた。辛いこと、暗い心が支配しているのだとしても、「本当の僕自身はそこにしか居ないんじゃないか」と思うからである。「世界の終り」の「僕」とは逆に、そうした現実世界から切り離された自分は本当の自分じゃないと考えるのだ。

「世界の終り」はそうしたかつての中編小説の明快さからは、森というプロットの材料を生み出したことで身動きが取れなくなってしまった。『海辺のカフカ』でも森があやふやなのは近年の村上がモチーフもテーマも自分にはない、プロットとストーリーテリングにしか関心がないという趣旨の発言をするようになったことからすれば不思議ではない。そこに暴力性を加えてダークファタジーの作家となることも、プロットをどのようにでも伸ばしていけるという点では必然だった。

そうしたプロットの面白さ、ストーリー展開の面白さを追求したいという村上の気持ちが、中編小説「街と、その不確かな壁」を書き直した第一部に止まらず第二部、三部を要請したのだと思われてならない。村上自身がかつて、この中編小説を「どれだけうまく書き直したところで、自分の求めているような小説にはならないだろうということもよくわかっていた。これは本当にむずかしい話なのだ」（『村上春樹全作品 1979 ―1989』④「自作を語る」）と慨嘆していた。そのことのチャレンジとして第一部は成功した。そこでは『世界の終りとハードボイルド・ワンダーランド』のように、進行上は二つの世界が並行して進むのだが、最後には一方の世界に吸収されてしまうという構造が有効だった。

一方で、新作の第二部、三部は三十八年の歳月を経て、『世界の終りとハードボイルド・ワンダーランド』とはまったく異なる興味深いプロットを提示する作品として構想された。そのプロットは作品にどのような成果をもたらしているかが問われることになる。

(2) 第二部「私」と通じる子易さん

二つの場所を生きる「私」と子易さん

あの中編小説は村上が言うように本当に難しい作品である。そのことが第二部、三部によって痛切に感じられる。それは村上がこの小説全体を「ぼく」と「私」の関係性だけでなく、そこに第三者まで呼び込んで循環構造を完成させたかったからだと最後には知れる。

第一部の最後、26章で「私」は「もとの世界に戻ることの意味がどうしても見いだせないんだ」として街に残り、影だけが街を出た。これは「街と、その不確かな壁」の「僕」が、静謐で心安らぐ幻想性の世界である壁に囲まれた街から、暗い心と猥雑さが支配する現実世界へ戻る決断をしたのとは真逆の結末である。

では、なぜ「私」は街に残ることになったのだろう。第二部、三部に引き継がれるべき課題というか、プロットの伸ばしていける可能性をどこに村上は感じたのだろうか。第一部を完成させてそれで終わったと村上は「あとがき」に書いていたが、書き継がれる伏線は26章に明確に記されていた。

「私」は影に向かってこう言う。「あるいは君は外の世界でうまく生き延びて、ぼくの代わりを務められるかもしれない。見るところ、君にはそれだけの資格があり、知恵が具わっている。どちらが影でどちらが本体か、そのうちにわからなくなってしまうかもしれない」。まさに第二部、三部で展開される内容があらかじめ書き込まれていたのである。

これまで何度か触れたように、村上自身が現実と非現実が交替可能なのであり、人が二地点に同時存在してもおかしくないとの考えを述べていた。『海辺のカフカ』などはそうした考えに立たない限り成立しない作品だった。同作では不可思議さの多くが、ただ作中に放り込まれているだけだったが、この新作では第二部、三部を通じてそうした不可思議さについて合理的に解釈されようとする。

第一部で街に残ったはずの「私」は、第二部では小説内の現実世界の方で暮らしている。ただ、「私」は壁に囲まれた街にいたことを明瞭に記憶している。「どうして私は今、この世界に戻っているのだろう？私はずっとここにいて、どこにも行かず、ただ長い夢を見ていただけなのだろうか？」（27章）、と「私」は自問する。

第二部、三部はこの謎解きの物語である。プロットとしてはそう言える。それが魅力的に村上に映ったことも理解できる。『海辺のカフカ』や『1Q84』でひたすらプロットの面白さを追った村上であれば当然の成り行きである。

魅力的なプロットを支えるのは二人の登場人物である。単行本六百五十ページほどの分量のほぼ三分の一ずつを子易さんと、正面に「イエロー・サブマリン」の絵が描かれている緑色のパーカーを身につけた少年が占めており、二人の存在がストーリーを進行させていく。

第二部ではごく普通の現実世界で、馴染まない気持ちを抱きながら四十代の「私」は生活している。何事もなかったかのように毎朝電車に乗って書籍取次会社に出勤し、仕事をこなしていく。だが現実世界にそぐわないと感じて会社を退職し、次なる仕事として小さな町の図書館長を務めることになる。幻想譚めいた箇所はあるものの、ダークファタジーとして筆者が区分するような小説からすれば、随分と平板な、退屈と言って良いほどのストーリー展開となっている。

村上が描く夢の場面ということで言えばもはや驚くほどのことはないが、「私」は鮮明な図書館の夢を見る。それまで幾度も頭に浮かんでいた、自分が〈古い夢〉を読んでいたあの街の図書館ではない。どことも知れぬ場所の、通常の、しかも小ぶりの図書館である。自分が事務作業を行っているデスクの隅の方には、なぜか濃い紺色のベレー帽が置かれていた。「私」はベレー帽など一度もかぶったことがないというのに。

そこからは後輩社員を通じての図書館での仕事探し、前図書館長の子易さんの面接、司書の添田さんとのやりとりなどが続く。それらは平凡と言って良い進展具合だが、時にあの街が連想される。東京から離れたZ＊＊町図書館の周辺を散歩することで、「私」は「ずいぶん昔に味わった覚えのある、深い悲しみ」、「時とともに消え去ることもない種類の深い悲しみ」（32章）に襲われる。いわば、あの『ノルウェイの森』のテーマだった欠損の感覚に浸る作品であることが明示されている。

第一部のほぼ半分を占めていた、十七歳の頃のことも思い出される。「時間はそこで実質的に停止して」おり、「それからの三十年近い歳月は、ただ空白の穴埋めのために費やされてきたように思える」（30章）とまで書かれる。ここでも欠損の感覚が村上にとってモチーフとなっていることが窺われる。

いずれにしろそうした欠損の感覚は、「私」のみならず、前図書館長の子易さんからも匂い立つように書かれる。「私」が夢で見たベレー帽は子易さんのものであり、子易さんが案内してくれた図書館長の隠遁所のような半地下の部屋には、壁に囲まれた街の図書館にあったのと同じ薪ストーブがあった。ここでは、「何かが私を導いてここに来させた。私は何かに導かれてここにやってきたのだ」（42章）と、あの街との近接が示される。

子易さんは愛する妻と子供を失った人だった。五歳になった子供は大型トラックにはねられて亡くなり、妻はそのことがショックで精神に変調をきたすようになった。そして強い雨の降る早朝、ベッドの掛け布団の下に長いネギ二本を残して妻は姿を消し、その後、自ら川に身を投げ溺死する。このネギというアイデアはともかく、子易さんが欠損を抱える人物だったことだけは明確に伝わる。『ノルウェイの森』の主人公が若くして友人のキズキを失い、直子には性愛によって結ばれたと感じていたのに自殺されてしまうのに等しい境遇の人物である。こうした欠損を抱えた人間として子易さんは「私」の良き理解者となる。

44章で「私」は自分が壁に囲まれた街に自らの意思で残ると決めたのに、目が覚めたらこちらの世界(=現実世界)に戻っていた謎に苦悩していることを子易さんに告げる。それについて子易さんはこう述べる。「でもあなたの本当の意思はそうではなかったかもしれない。あなたの心はいちばん深い底の部分で、その街を出てこちら側に戻ることを求めていたのかもしれませんよ」、と。

子易さんが示唆するのは、紛れもなく、中編小説における時点での村上の選択だった。そこでは「君」を残したまま、影とともにその街を出て、現実世界に戻っていた。その選択は後に、現前性を生きることになる『ノルウェイの森』の主人公の運命そのものだった。

子易さんから「イエロー・サブマリン」の少年へ

「イエロー・サブマリン」の少年は欠損を感じさせるというのでなく、むしろプロットを有効にするため作られた人物である。「私」や子易さんとは作中で果たす役割が違っている。子易さんをめぐる場面は中編小説以来のモチーフを実現する上では不可欠だったのに対し、「イエロー・サブマリン」の少年は『街とその不確かな壁』という長編小説全体のプロットとしての均一性を保つための切り札だった。（ここで筆者が均一性というのは、村上が近年では避けようとしてきた言葉「整合性」と同義である。）

主人公の「私」は第二部を通じてしばしば壁に囲まれた街や十七歳の頃を想起する。その究極の形は、「あるいは私は自分のふりをしている、自分ではない私なのかもしれない。鏡の中から私を見返しているのは、私ではない私なのかもしれない」（42章）、といった感覚である。そうした不確かな村上らしい現実とも幻想ともつかない場面が繰り返される。

子易さんは「一時的な現象」として「私」の前に姿を現していたのだが、44章を最後に一旦、消えてしまう。そしてリレーの次走者のように45章からはサヴァン症候群らしき十六、七歳の少年が「私」の前に姿を現す。この「イエロー・サブマリン」の少年をめぐる幾つかのエピソードは興味深いものだが、作品後半の四割ほどを占める少年の登場パートが、分量的にどの程度必要だったかは読む人によって評価が異なるだろう。

少年は他人との接触を極力避けていたのに、「私」には近づいて来る。子易さんの墓参りをした際の、街についての「私」の独り言を聞いたからなのか、街の詳細な地図を自ら作成して届けにくる。先走るようだが結末に至るプロットは、簡単に言えば現実世界から姿を消した少年は街に入り、〈夢読み〉をする「私」に代わってその仕事を引き継ぎ、「私」は街を出ることになる、という流れになる。

問題はそうしたプロットだとして、村上は私たちに納得できるストーリーとして差し出すことができたのか、あるいはそれによって何を達成したことになるのか、という点である。

例えば、どれほど非現実的であっても、モチーフという観点からは主人公がその街に行ったことは理解できる。欠損という強い思いが幻想譚を可能とした。では「イエロー・サブマリン」の少年はどうだろうか。なぜ彼は壁に囲まれた街に行かなくてはならないのだろうか。50章では唐突に、少年はメモ帳に「その街に行かなくてはならない」と書いて「私」に差し出したのだった。そして少年は驚くべきことに、自らの口で、「〈古い夢〉を読む。ぼくにはそれができる」と声に出して言ったのだ。

少年が〈古い夢〉を読めるという点に関しては、小説中で村上が合理的な説明をしている。図書館の本をジャンルを問わず次々に読了し、頭の中で整理できる少年は「究極の個人図書館」だとされるのである。

そして60章からのパートは第三部を招来するものとなる。

夢に類するもので「私」は森の中の道を歩いている。そして「世界の終り」の管理人が住む森の小屋を思わせる、山小屋風の小さな建物にたどり着く。「その小屋の内部には漠然と見覚えがあった。以前そこを訪れたような……」とも書かれる。そこで「私」は「イエロー・サブマリン」の絵が描かれた緑色のパーカーを着た人形を発見する。それはあの少年の抜け殻とでもいうべき人形だった。そしてその人形は「もっと」と「私」に話しかける。「もっと近く寄って」という意味だと取った「私」が人形の口元に耳を近づけると、人形は突然「私」の耳に噛みついたのである。

大きな叫び声をあげたことで「私」は目を覚ます。生々しくはあっても夢だと思うのだが、右の耳たぶには強く噛まれた痛みが残っていた。このあたりは村上作品の読者なら馴染みの場面であろう。あの『ねじまき鳥クロニクル』でゼリー状の壁を抜けて現実世界に戻ると頬に痣ができていたという場面である。

61章では知り合ったコーヒーショップ経営の女性に対し、いつまでも待つという意思を告げることで、かつての十七歳の頃の恋人のことが強く「私」に想起される。第三章で指摘したのと同じモチーフがここでも垣間見える。

そして第二部の最後の章、62章である。再度『ねじまき鳥クロニクル』を思わせるように、「どろりとしたゼリー状の物質を半ば泳ぎ抜けるみたいに」壁を抜ける。そこは壁のどちら側とも言えぬ、十六歳の「きみ」が待つ懐かしい世界だった。そしてその世界は「夢なんかではない」と断言されるものの、もはや現実世界と（夢を含む）幻想世界の区分などどうでも良くなっているのが現在の村上の小説世界である。「そこにある情景はどこまでも論理的であり、継続的であり、整合的なものだった」とされる景観の中で、「私」は夏の盛り、川の中を歩いていく。その川は「私」が子供の頃よく遊んだ川だった。上流に向けて歩くにつれて、四十代の「私」はどんどん若くなっていく。夏草の繁る白い砂州まで行くとかつての十六歳の彼女がおり、「私」は十七歳に戻っている。62章の最後は、「**ねえ、わかった？　わたしたちは二人とも、ただの誰かの影に過ぎないのよ**」というゴシックの文字で終わる。

謎のような終り方である。現前性を生きる人間なら普通は思いもしない、起源をめぐる問いかけである。もちろんすでに言及したボルヘスの「円環の廃墟」がこのような思考の原型を示してはいた。人間は誰かに夢見られた存在でしかないというものだ。現実世界を拒否する人間にとっては幻想世界に生きる可能性を差し出されているとも言える。しかし村上はこれを人間の本体と影の交替、もしくは循環として作品化したかったのかと思える。そのベースにあるのが、人間は二つの場所に同時に存在できるという認識、あるいは願望であろう。

第三部を前にした62章は夢ではないと始まりながら、それ故、リアルな内容であるものの、結局、最後にはやはり夢から現に戻されている。こうした幻想譚めいた話しぶりは村上にとって珍しくはないし、そこに苛烈な暴力性が加わればダークファタジーに流れていくことは本書で詳述してきたところである。
この『街とその不確かな壁』は少なくともダークファンタジーではない。むしろ62章が示すのは村上本来の感性のあり方を示すものと言って良い。例えば、私たちは一九八〇年代初期に書かれた次のような文章を思い出すべきであろう。

（……）どこかにきっと僕と僕自身をつなぐ結びめだってあるはずなのだ。きっといつか、僕は遠い世界にある奇妙な場所で僕自身に出会うだろう、という気がする。
（「1963／1982年のイパネマ娘」『カンガルー日和』所収）

こうした懐かしさを失念できないことが村上春樹という作家の特徴である。強い促しによるモチーフの、自らは早すぎる挑戦だとしていた一九八〇年発表の「街と、その不確かな壁」の書き直しという試みもそうした気持ちの表れだと言える。ただ、それは第一部に限ってのことである。第二部から、特に第三部における内容はそれとは異なる意欲によって実践されたものと思われる。そこではプロットとしての合理性めいたものが提示されている。その解説をするのが、あの少年である。近年、村上がインタビューなどでしきりに小説は合理的、整合的である必要はないと発言してきたことを思えば、意外な展開である。

(3) 第二部から三部　少年が語る作品の構造

後継者としての「イエロー・サブマリン」の少年

第三部はその街にいる「私」がいつものように図書館に向かう途中、胸に「イエロー・サブマリン」のイラストが描かれた緑色のパーカーを着た少年を見かけるところから始まる。「その少年の姿を見かけるのは初めてのことだった。もし前に一度でも見かけていれば、間違いなく記憶に留めているはずだった」、と書かれる。ただし記憶はないものの、「私」の右の耳たぶは強く噛まれたような痛みがある。

第一部と第二部の間には断絶があった。第一部の終わりで壁のある街に残ったはずの「私」が、第二部ではなぜかその街を離れ、小説内の現実世界である書籍取次会社の四十代社員になっていたからである（ただし、ここでの「私」は第三部で本体でなく影であることが明らかとなる。そう考えると第一部と二部はつながっていることになる）。幻想譚めいたパートはあるものの、第二部がずっとその現実世界での話であったのに対し、第三部ではまたしても「私」はその幻想世界で生きている。

そもそもその壁のある街には十代の少年など住んでおらず、図書館の十六歳の女性を除けば中年から老年にかけての男女ばかりだった。その少年は夢にも出てくるし、絶えず「私」の視野に入ってくる。このように書かれることで、少年の存在感は継続している。

第二部で唐突に自分は壁のある街に行かなくてはならない、自分は〈夢読み〉の仕事ができると「私」に告げた少年は、「私」に街への案内も依頼していた。少年の人形に耳を噛まれることがその案内に当たるのだと第三部では告げられるのだが、それが説得力を持つかどうかが問題となる。

すでに触れたように、「私」も子易さんも欠損を抱えた人物として共通していた。それが壁に囲まれた街を理解できるベースとなっていた。しかも「私」に関しては中編小説以来の消えてしまった恋人を求めてその街にやって来たという理由があった。少年にはそれがない。プロット上の役割としては、少年は作品全体を通して「私」の本体と影が入れ替わる原理について語るのが主要な役割である。

ある夜、落ち着かない眠りから目が覚めると枕元に誰かいる。（これも『色彩を持たない多崎つくると、彼の巡礼の年』で、闇に包まれた部屋で目覚めたつくるが、暗い部屋の隅に立つ友人の灰田の姿を認める場面を思い出させる。）この65章で少年は、自分がなぜ街の中に入れたのかを語る。「私」の右の耳たぶを噛んだことでこの街に入れたこと、自分は〈夢読み〉の仕事をしたいのだが、街の住民でない自分にはその資格がないこと、そのためには今度は左の耳たぶを噛んで「私」と一体化しなければならないことを一方的に告げる。

もともと「私」は古い夢を理解できるわけではなかったのだが、少年は古い夢を理解できる。「読むことがぼくの生まれながらの役割です。そしてここに積まれた古い夢は、おそらくぼくにしか読み取ることのできないとくべつな書物なのです」（67章）という少年の確信が語られる。

また、少年は「私」が街を去る時期が来ていると告げる。きっかけは「私」が「何か微妙な変化が起こりつつある」、「あえて言うなら心が、自分の意思とはまったく異なった方向に勝手に進もうとしているような気がしてならないのだ」（69章）、と感じるところから始まっている。少年は「私」の心が街を去ることを求めているのだと言う。

第一部では「私」は街に残り、影を壁の外に逃がした。影は街の外で、第二部で私たちが読まされたように現実世界で書籍取次会社に勤め、その後はZ＊＊町図書館の館長となっていた。コーヒーショップの女性とは恋愛感情に近いものを抱きもする。その第二部に登場していた「私」は本体ではなく、影だとされるのである。そのような入れ替わりが「私」の本体と影の間で行われたというのだ。そして今、少年と一体化している「私」は少年から離れ、壁のある街を立ち去って、外にいる影ともう一度一つになるのだとされる。

少年が以上のように語ることで、「私」と少年の一体化はともかく、この三部からなる『街とその不確かな壁』は現実世界と幻想世界の往還と言うよりも、「私」と影が入れ替わる循環構造の物語へと変質する。これはボルヘスが「円環の廃墟」で示したその人物の起源をたどる生成の物語でなく、延々と続く循環構造の物語になったことを意味する。

では、後継者としてはどうだろうか。それが可能なのは少年が様々な分野の大量の本を読み、頭の中で整理できる「究極の個人図書館」だからとされている。だからと言って少年が「私」の後継者であるとは言えない。主人公が壁のある街に行かざるを得ないのは欠損を埋めるためだった。そのためにその街は必要だったのである。この寓意を効果的にするために本体から切り離された影や、半角獣、門衛、老大佐も生み出された。もちろんその核心は質素な身なりの図書館の女性に尽きる。寓意を可能とするそうした存在とは無縁の少年に「私」を引き継ぐ資格はないだろう。

子易さんと違ってモチーフの支えがない少年には「私」に共感できる要素がない。ただ〈夢読み〉の仕事をするというプロット上の繋がりのみである。そのための少年の特質については第二部で十分に書かれていた。しかし、欠損を抱える資質は引き継がれているわけではない。

少年と「私」の一体化についても必然性の感じられない突然の設定であろう。少なくとも中編小説以来の影の設定に関しては、『風の歌を聴け』からの鼠三部作での主人公と分身としての鼠という設定につながる必然性があった。そのことで寓意性も効果的だった。こうした点からすれば、「イエロー・サブマリン」の少年の登場は、無理やりのプロット上必要ではあっても、文学的にもエンターテインメント的にも有効だったとは言えないだろう。

疫病はあったのか

〈夢読み〉の仕事の後継者と主張する少年はあまりに唐突である。それはスポンテニアスという村上の創作方法からすれば当然の成り行きかもしれないが、ストーリーとして納得できるものかどうかが別問題として浮上する。少年の登場よりは一層唐突と思える、ゴシックで強調されるあの街の壁が「疫病を防ぐため」だとか、「終わらない疫病」という少年の差し出すメッセージについてもそうである。それは出発点となった中編小説のモチーフ、あるいはそこで達成されていた寓意性に背くものであろう。

もちろん、作中でそれ以前に疫病が仄めかされていなかった訳ではない。第一部12章ではかつて壁に囲まれた街にも「当たり前の生活」が営まれていたけれども、ある時点で何かが起こり、住民の多くは街を捨てたのではないかと推測されている。戦争か、疫病か、大規模な政治的変革があったのかと「私」は自問する。村上からすればそれらは街にまつわる新たなプロットを生み出せるヒントだったのかもしれない。しかし私たちは、かつて「世界の終り」パートでの森が重視されたものの、そのことでプロットが順調に展開されたとは言えないことを確認した。ここでもスポンテニアスに疫病や戦争が思い浮かんだとはいえ、プロットを大きく広げる可能性があったとは思えない。

しかし第二部50章で二度、あえてゴシックで表記される「疫病」を書いた村上にはプロットの膨らみを可能にするような思惑があったかに見える。自らの意思を持ち、独自の生命力を有する壁は疫病が街に入ってくるのを防いだ。さらには「比喩としての疫病」や「魂にとっての疫病」などと村上が書くに至って、かつての森の存在を上回るような物語ることへ意欲を村上が抱いているかに見える。

ここで「疫病」との言葉が出てきているのは、当然ながら新型コロナウィルスが猛威を振るい始めた二〇二〇年三月に小説を書き始めたことと関係があろう。村上はそれとは無関係に小説は書き始められていたと述べつつも、次のように語っている。

（……）もしこの病気が蔓延しなかったとしても、やはり同じように書き上げていたと思います。しかしもしその疫病の蔓延がなかったら、小説の内容は結果的に今あるものとは違ったものになっていたかもしれません。（「疫病と戦争の時代に小説を書くこと」「新潮」二〇二三年七月号）

ここで筆者は二〇二〇年十月に翻訳出版されたスティーブン・キングが息子のオーウェン・キングと共同執筆した『眠れる美女たち』という、パンデミックが中心かと見える上下巻の長編小説を思い出す。ここでのパンデミックは眠りについた女性たちの全身を繭のように糸が覆い、そのまま目覚めることがないという症状による。無理に繭を開けると凶暴さが目覚め、対面する人間を惨殺するという事件も続発する。

この眠り病はオーストラリアで爆発的流行を見せ、その後ハワイからカリフォルニアに上陸するが、その端緒は明らかでない。女性だけに発現するその病が小さな町ドゥーリングに及ぶと、私たちが新型コロナウィルス禍で見せられた偏見や暴力がその小さな町でも起きる。キング親子はこの小説を実に二〇一七年にすでにアメリカで発表している。少なくとも上巻ではパンデミックがテーマと思われるような不可解な事象が多く描かれている。村上のように「疫病」という単語が唐突に出現し、何か暗示的な取り扱いがされるのとは根本的な違いがある。

メタファーを多用するという村上の文体の特徴や、自然に思いついた場面が次々に文章化されるスポンテニアスという方法が唐突に「疫病」という言葉を作中に登場させた。ほぼパンデミックの進行が作中に不穏な空気を蔓延させていた『眠れる美女たち』上巻の充実度と、「比喩としての疫病」とか「魂にとっての疫病」というようなメタファーを繰り出す村上作品とは大きな違いがある。

因みに、『眠れる美女たち』はかなり大掛かりなエンターテインメント作品である。上巻は確かにパンデミックが中心だが、鍵を握る謎の女イーヴィの口から大量の蛾が飛び出してきたり、彼女が超能力を発揮したりするホラー要素もある。彼女だけが眠っても繭に包まれることなく、普通に目覚めることができる。蛾、鼠、狐などの登場や、眠りに入った女性たちが別世界に足を踏み入れているといった伏線は下巻で小説の色合いを大きく変えることになる。

下巻になると、それまで舞台となっていたドゥーリングの女子刑務所や警察署のウェイトが大きくなる。クライマックスはまさに、鍵を握るイーヴィを守る刑務所側と、彼女をそこから連れ出そうとする臨時警察官を含む民警団側との大銃撃戦である。バズーカからロケット弾が刑務所に向けて発射され、着弾するという場面すらある。そして下巻全体の基調を成すのは、繭に包まれて眠っているはずの女性たちが生きて生活する別世界の様子である。

パンデミックの由来が解明されるわけではない。謎の女イーヴィは恐竜を見たこともあれば、クレオパトラの石棺の中に入ったこともある。ギリシア時代さえ生きたことがあるという設定である。眠り病の謎をとく鍵であるイーヴィの解明など二の次で、キング親子は次々にエンターテインメントにふさわしい持ち札を出してくる。

先の銃撃戦の場面では顔の四分の一が吹き飛ばされる犠牲者も描かれる。〈母なる大樹〉の向こうの女性だけの世界も、刑務所を拠点とするこちら側の現実世界もイーヴィによって支配されている。こうした設定から言えばダークファンタジーといってよい要素もある。二段組みの文字がぎっしり詰まった上下巻の『眠れる美女たち』には読者を退屈させない要素がいっぱい詰まっている。五十人を優に超える登場人物たちも丁寧に描かれる。日本版の帯には「パンデミック・ホラー大作」と銘打たれているが、そこに収まりきれないエンターテインメントの大作である。村上のように「疫病」の一語でメタファーを受け止めてくれという手法とは大きく異なることだけは確認しておきたい。

終わりに

第二部を生きている「私」は影なのだと少年に断言されても、そもそも第二部の始まりである27章では、「暗く長い夜、壁まで伸びる自分の黒い影を、私はいつまでもじっと見つめている」と書かれているのだ。つまり、影である「私」に影があるという設定が読む者にとってはどこか居心地悪いものではないだろうか。

私の身にいったい何が起こったのだろう？　なぜここにいるのだろう？　私にはそのことが――今こうして私を含んでいる「現実」のありようが――どうしても呑み込めなかった。どのように考えても、私はここにいるべきではないのだ。私ははっきりと心を決め、影に別れを告げ、あの壁に囲まれた街に単身残ったはずなのだ、それなのにどうして私は今、この世界に戻っているのだろう？　私はずっとここにいて、どこにも行かず、ただただ長い夢を見ているだけなのだろうか？

（27章）

ここで語る「私」は影でなく、本体としか思えないが、こうした宙ぶらりんの状態は村上らしさの発現だとも言える。前節の最後に引用した「1963／1982年のイパネマの娘」にあった文章と同等の村上の感性のあり方を示している。むしろ「私」の本体と影の交替を明瞭に少年に語らせていることに筆者は違和感を抱く。そこで示される整合性よりも、ここで引用した不安定さの方が村上らしいと筆者には思える。

いずれにしろ、この『街とその不確かな壁』という長編小説は第一部がかつての中編小説の書き直しとして極めて明快にモチーフやテーマが感受されるものだった。近年のモチーフやテーマには関心がないと発言してきた村上らしくない、幻想譚めいた部分はあるものの、『ノルウェイの森』などにつながるバランスの良い作品だった。

一方、第二部は第一部で明快だったモチーフを引き継ぐ子易さんの存在などによって同種の作品と見えながら、むしろプロットを広げていきたいという村上の意思の入り込む作品となった。その全容は第三部で明らかになるのだが、本体と影の交替や「私」の後継者としての「イエロー・サブマリン」の少年を位置付けることで、むしろ第一部の完成度を危うくするのではないかとも思われる。

この新作には残虐な暴力性は皆無であり、本書の第二章で触れた幻想世界への侵入も、かつての『ねじまき鳥クロニクル』ほどの自由奔放さはない。むしろこの新作に窺われるのは、面白いプロットを実現したいという作家の意思であろう。子易さんはモチーフを共にする人物であると同時に、第二部でのプロットを豊かにする存在だった。

「イエロー・サブマリン」の少年に関しては興味あるキャラクターであるものの、プロットの担い手としては、少なくとも『騎士団長殺し』の「スバル・フォレスターの男」や免色渉のように作品を揺さぶるような謎が感じられない。作品全体の構図を作者に代わって解説するような役割となっているためである。つまり、『海辺のカフカ』で極端になったような作品としての不合理、整合性のなさが魅力であった村上春樹らしくないとも言える。

結論を言うならば、『ノルウェイの森』の系譜の作品を書き続ける村上と、むしろプロットの面白さを重視し、そのためには現実から途方もなく離れ、残虐な場面さえ厭わないダークファンタジーに惹かれていく村上の両面性の中間に位置するような作品に、この『街とその不確かな壁』はなっているのかも知れない。極端なる作品『海辺のカフカ』までは行かない、幻想性に溢れていても、プロットとしては分かりやすい秀作という評価が第三部に関しても言えるのではなかろうか。

参考文献（新聞・週刊誌等記載のものは本文にて明示）

＊対談（村上春樹関係）

「現代の物語とは何か」村上春樹・河合隼雄（「新潮」一九九四年七月号）
「村上春樹、河合隼雄に会いにいく第1回」村上春樹・河合隼雄（「世界」一九九六年四月号）
「村上春樹、河合隼雄に会いにいく第2夜」村上春樹・河合隼雄（「世界」一九九六年五月号）
『みみずくは黄昏に飛びたつ』村上春樹・川上未映子　新潮社　二〇一七年
「『物語』のための冒険」村上春樹・川本三郎（「文學界」一九八五年八月号
『ナイン・インタビューズ　柴田元幸と9人の作家たち』柴田元幸　アルク　二〇〇四年
「仕事の現場から」村上春樹・中上健次（「國文學」一九八五年三月号）

＊インタビュー（村上春樹関係）

「村上春樹大インタビュー『ノルウェイの森』の秘密」「文藝春秋」一九八九年四月号
「村上春樹ロングインタビュー」「考える人」二〇一〇年夏号
「『海辺のカフカ』を中心に」「文學界」二〇〇三年四月号

「恐怖をくぐり抜けなければ本当の成長はありません『アフターダーク』をめぐって」「文學界」二〇〇五年四月号

『夢を見るために毎朝僕は目覚めるのです　村上春樹インタビュー集 1997—2009』文藝春秋　二〇一〇年（本書には前記「文學界」での二つのインタビューのほか「現実の力・現実を超える力」「時報周刊」一九九八年八月九日号、「何かを人に飲み込ませようとするとき、あなたはとびっきり親切にならなくてはならない」「The Paris Review」二〇〇四年夏号を収載）

＊単行本など（翻訳本については、原書出版年＝翻訳出版年のように表示）

朝井リョウ『桐島、部活やめるってよ』集英社　二〇一〇年

朝井リョウ『正欲』新潮社　二〇二一年

今村昌弘『屍人荘の殺人』東京創元社　二〇一七年

今村昌弘『兇人邸の殺人』東京創元社　二〇二一年

上田秋成『雨月物語』岩波文庫　二〇一八年

ポール・オースター　柴田元幸訳『幽霊たち』新潮社　一九八六＝一九八九年

ティム・オブライエン　村上春樹訳『ニュークリア・エイジ』文藝春秋　一九八五＝一九八九年

ティム・オブライエン　村上春樹訳『本当の戦争の話をしよう』文藝春秋　一九九〇＝一九九〇年

加藤典洋「あからさまなエンターテインメント性はなぜ導入されたか」（『村上春樹『１Ｑ８４』をどう読むか』所収）河出書房新社　二〇〇九年

加藤典洋『村上春樹は、むずかしい』岩波新書　二〇一五年
川本三郎「二つの『青春小説』――村上春樹と立松和平」（『同時代の文学』所収）冬樹社　一九七九年
ウィリアム・ギブスン　黒丸尚訳『ニューロマンサー』早川書房　一九八四＝一九八六年
ウィリアム・ギブスン　黒丸尚訳「記憶屋ジョニイ」（浅倉久志ほか訳『クローム襲撃』所収）早川書房　二〇一六＝二〇一七年
スティーブン・キング＆オーウェン・キング　白石朗訳『眠れる美女たち』上下　文藝春秋　二〇一七＝二〇二〇年
アガサ・クリスティー　羽田詩津子訳『アクロイド殺し』早川書房　一九二六＝二〇〇三年
佐藤勝彦監修『相対性理論を楽しむ本』ＰＨＰ文庫　一九九八年
柴田元幸『翻訳教室』新書館　二〇〇六年
島田裕巳「これは『卵』側の小説なのか」（『村上春樹『１Ｑ８４』をどう読むか』所収）河出書房新社　二〇〇九年
千葉雅也『デッドライン』新潮社　二〇二〇年
千葉雅也『オーバーヒート』新潮社　二〇二一年
レイモンド・チャンドラー　村上春樹訳『ロング・グッドバイ』早川書房　一九五三＝二〇〇七年
辻村深月『琥珀の夏』文藝春秋　二〇二一年
筒井康隆『ロートレック荘事件』新潮社　一九九〇年
中村光夫『風俗小説論』新潮文庫　一九五八年

土方洋一「『源氏物語』における〈物の怪コード〉の展開」（『夢と物の怪の源氏物語』所収）翰林書房　二〇一〇年
スコット・フィッツジェラルド　村上春樹訳『グレート・ギャツビー』中央公論新社　一九二五＝二〇〇六年
スコット・フィッツジェラルド　龍口直太朗訳『夜はやさし』（『現代アメリカ文学全集3』所収）荒地出版社　一九五一＝一九五七年＊カウリー版による。
ホルヘ・ルイス・ボルヘス　篠田一士訳「円環の廃墟」（『伝奇集』所収『集英社版　世界の文学　ボルヘス』による）集英社　一九五六＝一九七八年
又吉直樹『火花』文藝春秋　二〇一五年
村上春樹『村上ソングズ』中央公論新社　二〇〇七年
村上春樹「メイキング・オブ・『ねじまき鳥クロニクル』」（「新潮」一九九五年十一月号）
村上春樹「ノモンハンの鉄の墓場」（『辺境・近鏡』所収）新潮社　一九九八年
村上春樹「疫病と戦争の時代に小説を書くこと」（「新潮」二〇二三年七月号）
村上春樹・川本三郎『映画をめぐる冒険』講談社　一九八五年
『村上春樹全作品1979―1989③』「自作を語る」講談社　一九九〇年
『村上春樹全作品1979―1989④』「自作を語る」講談社　一九九〇年
『村上春樹全作品1979―1989⑥』「自作を語る」講談社　一九九一年
『村上春樹全作品1990―2000②』「解題」講談社　二〇〇三年
紫式部『源氏物語』（新潮日本古典集成版）』新潮社　二〇一四年

山田詠美『チューイングガム』角川書店　一九九〇年
山田詠美『内面のノンフィクション』福武書店　一九九二年
吉田修一『太陽は動かない』幻冬舎　二〇一二年
吉田春生『観光マーケティングの現場　ブランド創出の理論と実践』大学教育出版　二〇一六年
吉田春生『村上春樹、転換する』彩流社　一九九七年
吉田春生『村上春樹とアメリカ　暴力性の由来』彩流社　二〇〇一年
ジェイ・ルービン　畔柳和代訳『ハルキ・ムラカミと言葉の音楽』新潮社　二〇〇二＝二〇〇六年
ソーントン・ワイルダー　伊藤整訳『サン・ルイ・レイの橋』（『現代アメリカ文学全集8』所収）荒地出版社　一九二七＝一九六八年

＊村上春樹作品使用テキスト

①単行本

『ノルウェイの森』（一九八七年）、『ダンス・ダンス・ダンス』（一九八八年）、『国境の南、太陽の西』（一九九二年）、『アンダーグラウンド』（一九九七年）、『スプートニクの恋人』（一九九九年）、以上講談社
『世界の終りとハードボイルド・ワンダーランド』（一九八五年）、『ねじまき鳥クロニクル』第1部・第2部（一九九四年）、同第3部（一九九五年）、『神の子どもたちはみな踊る』（二〇〇〇年）、『1Q84』BOOK1・BOOK2（二〇〇九年）、同BOOK3（二〇一〇年）、『街とその不確かな壁』（二〇二三年）、以上

新潮社

『女のいない男たち』（二〇一四年）、『一人称単数』（二〇二〇年）、以上文藝春秋

②文庫本

『風の歌を聴け』（一九七九年）、『1973年のピンボール』（一九八〇年）、『羊をめぐる冒険』（一九八二年）、『カンガルー日和』（一九八三年）、『アフターダーク』（二〇〇四年）、以上講談社文庫

『海辺のカフカ』（二〇〇二年）、『騎士団長殺し』（二〇一九年）、以上新潮文庫

『色彩を持たない多崎つくると、彼の巡礼の年』（二〇一三年）文春文庫

『中国行きのスロウボート』（一九八三年）、『パン屋再襲撃』（一九八六年）、以上中公文庫

③雑誌掲載分

「街と、その不確かな壁」（「文學界」一九八〇年九月号、単行本未収録）

④その他

「中国行きのスロウボート」に関しては文庫本をテキストとしているが、そこから改変された『村上春樹全作品 1979―1989 ③』に収録されたものも、比較する必要があって本文中に引用している。

【著者紹介】

吉田 春生（よしだ はるお）

1947年、名古屋市生まれ。大学卒業後、旅行会社に約20年間勤務。専門学校の非常勤講師を経て、2000年より鹿児島国際大学専任教員（観光論担当）、2016年に経済学部教授で定年退職。その間、生涯学習センター長、付属図書館長を併任。現在は名古屋市在住。

著作に『村上春樹、転換する』『開高健 旅と表現者』（彩流社）、『ツアー事故はなぜ起こるのか』（平凡社新書）『パッケージツアーの文化誌』（草思社）他がある。

村上春樹《むらかみはるき》の現在地《げんざいち》――『街《まち》とその不確《ふたしか》かな壁《かべ》』まで

2023年11月6日　初版第1刷発行　　　定価はカバーに表示してあります

著　者　吉田春生
発行者　河野和憲

発行所　株式会社　彩　流　社

〒101-0051　東京都千代田区神田神保町3-10
TEL 03-3234-5931　FAX 03 -3234- 5932
ウェブサイト http://www.sairyusha@co.jp
E-mail sairyusha@sairyusha co.jp

印 刷／製本 ㈱丸井工文社
装丁 渡辺将史

ISBN978-4-7791-2939-1 C0095

㊅は電子版発売中です

村上春樹、転換する

4-88202-495-0 C0095(97・11) ㊅

吉田春生著

人気作家の変貌は今、読者をとまどわせている。『アンダーグラウンド』『ねじまき鳥クロニクル』などの作品で、現実に起った大事件をテーマとして真正面から描く村上の姿勢を検証し、転換する村上の長・中編を全て網羅し論じる。　四六判上製　品切れ中

我々の星のハルキ・ムラカミ文学

4-7791-2840-0 C0095(22・10) ㊅

惑星的思考と日本的思考　小島基洋、山﨑眞紀子、高橋龍夫、横道誠 編

村上春樹は、日本から世界へ向けて発信し続けている。その意味では「日本のローカルな」作家ではなく、かといって「米国発のグローバルな」作家でもない。この「惑星的思考」ともいうべき村上春樹の世界観を、国内外の研究者が共に検証する論考。　A5 判上製　2700 円＋税

村上春樹と女性、北海道…。

4-7791-1941-5 C0095(13・10) ㊅

山﨑眞紀子 著

村上作品の決定的な魅力は、閉じられた自己を無意識のうちに女性へ投影する、自らの罪意識にあるのではないか…。序　女性と北海道が交錯する中で　第 I 部　喪われた女たち　第 II 部　幻の女たち　第 III 部　村上春樹と北海道　A5 判並製　品切れ中

村上春樹は電気猫の夢を見るか

4-7791-17027-0 C0095(15・01) ㊅

ムラカミ猫アンソロジー　鈴村和成著

ディックの『アンドロイドは電気羊の夢を見るか？』に沿って、村上ワールドのなかの SF 的要素を狩猟。さらには、「ムラカミ＝猫」のイメージを決定づける「猫濃度高め」のアンソロジーとしても読み応え十分！作品群をミステリーのように解読。　四六判上製　1800 円＋税

村上春樹とポストモダン・ジャパン

4-7791-2005-3 C0090(14・03) ㊅

グローバル化の文化と文学　三浦玲一 著

村上春樹はグローバル・ポピュラー・カルチャーとしての「アメリカ文学」を日本語で書いた作家である…。アメリカ文学、宮崎駿、新自由主義とポストモダニズムなどを縦横に論じる新たな「文学論」の冒険。　四六判上製　品切れ中

村上春樹とイギリス

4-7791-1890-6 C0090(13・04) ㊅

ハルキ、オーウェル、コンラッド　吉岡栄一 著

スコット・フィッツジェラルドの心酔する作家はジョゼフ・コンラッドであった…。ジョージ・オーウェルと『1Q84 年』など、イギリスの作家と村上春樹の文学的営為の知られざる側面を鮮やかに描き出す新しい村上論。　四六判上製　1800 円＋税